水果栽培技术丛书

梨无公害高产栽培技术

LIWUGONGHAI GAOCHAN ZAIPEIJISHU

张建光　李英丽　编著

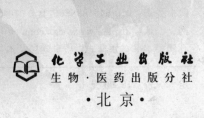

化学工业出版社

生物·医药出版分社

·北京·

本书依据近年我国梨果无公害生产实践和未来生产发展趋势，参考发达国家成功生产经验编写而成。内容包括主要优良品种、建园、梨园地下管理、整形修剪、花果管理、低效梨树高接改造和主要病虫害防治七个方面。在各章节中，着重介绍成熟有效以及近年新研发的高效技术，以增强本书的实用性和先进性。

本书适于广大梨农、基层技术员以及农林院校有关专业大、中专师生参考。

图书在版编目（CIP）数据

梨无公害高产栽培技术/张建光，李英丽编著．—北京：化学工业出版社，2011.1
（水果栽培技术丛书）
ISBN 978-7-122-09937-2

Ⅰ．梨… Ⅱ．①张…②李… Ⅲ．梨-果树园艺-无污染技术 Ⅳ．S661.2

中国版本图书馆 CIP 数据核字（2010）第 226307 号

责任编辑：李　丽　　　　　　文字编辑：向　东
责任校对：战河红　　　　　　装帧设计：周　遥

出版发行：化学工业出版社（北京市东城区青年湖南街 13 号　邮政编码 100011）
印　　装：大厂聚鑫印刷有限责任公司
850mm×1168mm　1/32　印张 6　字数 138 千字
2011 年 1 月北京第 1 版第 1 次印刷

购书咨询：010-64518888（传真：010-64519686）售后服务：010-64518899
网　　址：http://www.cip.com.cn
凡购买本书，如有缺损质量问题，本社销售中心负责调换。

定　　价：18.00 元

前　言

我国是目前世界上最大的梨生产国。长期以来，栽培面积和总产量一直雄踞世界首位。我国梨果生产具有鲜明的特色，栽培历史悠久，生产经验丰富，栽培种类及优良品种繁多，栽培区域广泛。这些特色一方面为梨的无公害生产创造了有利的条件，另一方面，也对不同梨区创新出适应当地的无公害生产技术提出了挑战。

随着人民环保和健康意识的增强，市场对于生产无公害梨果的呼声日益高涨。无公害梨果生产已经成为我国梨果生产最基本的要求。然而，由于我国无公害梨果生产起步较晚，迄今为止，相关的政策体系、监管体系和技术体系尚不完善。尽管各地已先后出台了一些相应的生产技术规程，但由于科学研究工作相对滞后，许多"规定"并无可靠的科学依据，而且，各地在执行过程中往往"各行其是"，这势必给安全生产带来一定隐患。

本书依据近年来我国梨果无公害生产实践和未来生产发展趋势，参考发达国家成功生产经验编写而成。在编写过程中，力求做到深入浅出、通俗易懂，技术成熟可靠。内容包括主要优良品种、建园、梨园地下管理、整形修剪、花果管理、低效梨树高接改造和主要病虫害防治七个方面。在各章节中，着重从无公害生产的角度介绍对生产的基本要求及主要技术关键，以便为各地生产实践提供参考。本书在编写过程中参考了同行们的一些图文资料，在此一并表示感谢！

希望本书的问世有助于读者尽快掌握能满足现阶段无公害

标准的、实用而先进的生产技术。然而，还应清楚地认识到：随着时代的发展，梨果无公害生产技术体系也在不断地发展和完善。所以，读者还应随时关注市场变化以及生产新技术的应用，调整和完善相应的生产技术体系，使创新的无公害梨果生产体系更加适应市场的需要。

因水平所限，书中难免有不足和疏漏之处，敬请广大读者指正。

编著者

2010 年 10 月于河北保定

目　　录

第一章　主要优良品种

　　品种是梨果生产中最为重要的生产资源。我国在长期的生产实践中，保存和培育了许多各具地方特色的梨优良品种，近些年来又自繁和从国外引进了大量的优良品种，极大地丰富了我国梨生产品种构成。然而，由于我国地域辽阔，不同梨产区土地条件和生产条件差异很大，致使这些品种在不同地域的适应性、丰产性和品质上表现出很大差异。所以，只有根据不同地区的生态条件和市场要求选择优良品种，才能尽可能地充分发挥品种资源优势，达到高产、稳产、优质、低成本、高效益的目的。

第一节　早熟品种

一、七月酥

　　由中国农业科学院郑州果树研究所杂交育成。树势较强，成枝力弱，萌芽力中等。以短果枝结果为主，中、长果枝甚少。结果早，定植后 3 年开始结果。花序坐果率高达 95％以上，较丰产。果台枝抽生能力弱，连续结果能力中等。生理落果及采前落果均不严重。适应性强，抗逆性中等，较抗旱、耐涝、抗盐碱，但易感染早期落叶病和轮纹病，在年降水量 800毫米以上地区不宜大量栽培。

　　果实卵圆形。平均单果重 220 克，最大果重 520 克。果面洁净，蜡质中多。果皮翠绿色，细薄而光滑，贮后变为金黄色，果点较小而密，分布均匀。萼片多数脱落，稍有残存。果心小，果肉白色，肉质细嫩而松脆，汁多，石细胞极少，味酸甜可口，可溶性固形物含量 12%～14%，品质上。在河南省郑州，果实于 7 月上旬成熟，果实发育期 75 天左右。不耐贮藏，常温下可存放 2 周。

二、初夏绿

浙江省农业科学院园艺研究所杂交育成。树势健壮，树姿较直立。结果早，花芽极易形成。长果枝结果性能良好。坐果率高。果实成熟期早。抗逆性较强。

果实长圆形或圆形。平均果重 350 克，最大果重 500 克以上。果面光洁翠绿，果皮光滑，果锈少，果点中大。果肉白色，肉质细嫩，汁液多，果心小，无石细胞，可溶性固形物含量 11%左右，品质优良。在浙江省杭州，果实 7 月中旬成熟，果实发育期 105 天。果实较耐贮运。

三、早美酥

中国农业科学院郑州果树研究所培育而成。树姿较直立，萌芽率高，成枝力弱，延长枝短截后可抽生 2～3 个长枝。定植后 3 年开始结果，以短果枝结果为主，中、长果枝也可结果。果台连续结果能力较强，无采前落果现象，丰产、稳产。抗旱、耐涝、耐高温多湿。抗寒力中等，可耐－23℃低温。对轮纹病、黑斑病和腐烂病抗性较强。适宜在长江流域、华南、华北、西北和西南等地栽培。

果实近圆形或卵圆形。平均单果重 250 克，最大果重 540克。果面光滑，蜡质厚，果点小而密，黄绿色，采后 10 天变为鲜黄色，无果锈。萼片部分残存，外观美。果心较小，果肉乳白色，肉质细脆，采后半个月肉质松软。果肉细，石细胞少，汁液多，可溶性固形物含量 11%～12.5%。酸甜适口，无香味，品质上等。在河南省郑州，果实于 7 月中旬成熟。货架寿命为 20 天，最适食用期限为 15 天。常温下可贮藏 20 天，冷藏条件下可贮藏 1～2 个月。

四、早酥

中国农业科学院郑州果树研究所杂交育成，亲本为苹果梨×身不知。树势强健，萌芽力强（84.8%），成枝力较弱（1～2个）。结果早，以短果枝结果为主，连续结果能力强，丰产、稳产。适应性强，抗寒、抗旱、抗梨黑星病。除极寒冷地区外，华东、西南、西北及华北大多数地区均适宜栽培。

果实多呈卵圆形或长卵形。平均单果重 250 克，最大果重 700 克。果皮黄绿或绿黄色，果面光滑，有光泽，并具棱状突起，果皮薄而脆。果点小，不明显，果心较小。果肉白色，肉质细，酥脆爽口。石细胞少，汁液特多，味淡甜或甜，可溶性固形物含量 11.0%～14.6%，品质上等。果实于 8 月中旬成熟。常温下可存放 1 个月左右。

五、八月酥

中国农业科学院郑州果树所以栖霞大香水梨与郑州鹅梨杂交培育的优良品种。树冠紧凑，枝干粗，节间短，具有矮化性，适合密植，容易管理。叶片厚且浓绿，萌芽力强，成枝力中等，枝条拉平或结果后极易形成短果枝。结果早，丰产性强，抗病性、耐涝性极强，适应性广。

果实圆形，平均单果重 290 克，最大果重 562 克。果皮淡黄绿色，果点较小，中密，果面光滑洁净，蜡质厚。果肉乳白色，肉质致密，爽脆无渣，汁液多，风味浓甜，微酸，具有香气，品质上等。果实成熟期为 8 月中旬。耐贮运，在室内可贮至翌年 5 月初。但随贮期延长，风味变淡。

六、水晶梨

日本农林水产省放射线育种场用 γ 射线辐射二十世纪梨苗

木诱发育成，又称金二十世纪。树势强，枝条粗，节间短。以短果枝结果为主，腋花芽着生数量少。花期和果实成熟期稍晚于二十世纪。结果早，丰产。对黑斑病抗性极强。不易患心腐病和蜜病，不易裂果。

果实圆形或长圆形。平均单果重 240 克，最大果重 410 克，果皮黄绿色，晶莹剔透，外观极美。果点大，分布密，果面有果锈。果心短小，纺锤形。果肉黄白色，肉质细软，果汁多，有香味，可溶性固形物含量 10%，品质中上等。在山东省泰安果实 8 月下旬成熟。耐贮藏。

七、苍溪雪梨

又名苍溪梨或施家梨。原产于四川省苍溪县，为我国砂梨系统中最著名的品种之一。四川省栽培较多，陕西、湖北省有少量栽培。定植后 3～4 年结果，较丰产。以短果枝结果为主，长果枝、腋花芽结果能力弱。适于温热湿润地区栽培，宜密植。抗风、抗病虫能力较弱。

果实多呈长卵圆形或葫芦形。平均单果重 472 克，最大果重 1900 克，果皮深褐色，果点大而多，明显，萼片脱落。果面较粗糙，果肉白色，果肉脆嫩，石细胞少，汁液多，风味甜，果心小，品质中上。在四川省苍溪县果实 8 月下旬至 9 月上旬成熟，可贮存至翌年 1～2 月。

八、满天红

中国农业科学院郑州果树研究所与新西兰皇家园艺与食品研究所合作杂交育成。树势强旺，成枝力较弱，萌芽力强。以短果枝结果为主，中长果枝及腋花芽亦可结果。短果枝寿命较长。幼树定植后 3 年即可开花结果。

果实近圆形或扁圆形。平均单果重 290 克，最大果重 482 克。成熟时果实底色绿黄，全面有红晕。果肉淡白色，肉质酥脆。汁极多，味酸甜，有淡涩味。果心很小，石细胞亦少，可溶性固形物含量 11.6%，品质中上或上等。贮藏后风味更浓。在河南省郑州果实于 9 月上旬成熟。果实较耐贮藏。

九、茌梨

原产于山东茌平，主要分布在山东莱阳、栖霞一带，华北各地均有栽培。树势强健，幼树成枝力强，成年树成枝力中等。定植后 4～6 年开始结果，以短果枝结果为主，腋花芽及中、长果枝结果能力很强，丰产性强。采前落果较重。抗寒力弱，－22℃枝条有冻害，－27℃时地上部冻死。对梨黑星病、食心虫、药害和风害的抵抗力均较弱。适于在稍冷凉的地区栽培，喜沙壤土。

果实近纺锤形，肩部常出现一侧凸起。平均单果重 225克。采收时果皮黄绿色，贮藏后转为绿黄色。果点大而突出，果皮锈斑多，果面粗糙，不甚美观。萼片脱落或残存。果心中大，果肉淡黄白色，果肉细腻酥脆，汁多味甜，可溶性固形物含量 13.0%～15.3%，品质上等。在山东莱阳果实 9 月中下旬成熟，果实发育期 138 天。耐贮藏，常温可贮藏至翌年 1～2 月份。

十、秋白梨

又名白梨。原产河北省北部，主要分布在我国东北地区和河北省北部。栽植后 6～7 年结果。以短果枝结果为主，腋花芽也能结果。果台枝连续结果能力较差。结果部位易外移。适应性广，耐旱，抗寒，适于山地栽培。抗梨黑星病能力较强，但抗风、抗病虫能力较差。

果实长圆或椭圆形。平均单果重 150 克。果皮黄色，有蜡质光泽，皮较厚。果点小而密，萼片脱落。果肉白色，质地细脆,汁多浓甜,无香味,果心小,品质上等。9月下旬成熟,耐贮藏和运输。可贮存至翌年5～6月份。

十一、爱甘水

日本品种。树势中庸,树姿较开张,干性较弱,萌芽力较强,成枝力中等。幼树以长、中果枝结果为主,成年树以短果枝结果为主。进入结果期早,定植后第二年即可开花结果。高抗黑星病和黑斑病。

果实圆形或扁圆形。平均单果重250克,最大果重800克。果皮薄,褐色,无果锈,有光泽。套袋后果面黄色,光洁,果点小而密,外观极美。果肉乳白色,肉质极细,汁液特多,品质极上,可溶性固形物含量14%。在河北省深州,果实7月下旬成熟。

十二、红太阳

中国农业科学院郑州果树研究所选育而成。树体高大,生长势中庸偏强。萌芽率高(78%),成枝力较强(3～4个),结果早,以短果枝结果为主,中、长果枝亦能结果。短果枝连续结果能力很强,一般可连续结果3年以上。果台副梢抽生能力亦强,每个果台一般可抽生1～2个。花序坐果率高达67%。无采前落果现象,丰产、稳产。喜深厚、肥沃的沙质壤土,在红、黄酸性土壤及潮湿的草甸土、碱性土壤上亦能生长结果。尤其在黄河故道地区不仅品质好,而且着色鲜艳。抗旱、耐涝、抗黑星病能力强。

果实卵圆形,外观鲜红亮丽。平均单果重200克,最大果重350克。肉质细脆,石细胞较少,汁多味甜。果心较小。香甜适口,可溶性固形物含量12.4%,品质上等。在河南郑州,果实7月底成熟,果实发育期为110天左右。在常温下可贮藏10～15天,冷藏条件下可贮存10～15天。

十三、翠冠

浙江省农业科学院园艺研究所杂交育成，是我国南方地区发展的主要品种之一。以面积和产量衡量，翠冠（占总产7％）已成为目前我国梨生产中的主要品种。树势强健，树姿较直立。结果早，花芽较易形成，丰产性好。适宜在华东、华南、华中和西南等砂梨适栽地区栽培。

果实近圆形或长圆形。平均单果重230克，最大果重500克。果面洁净，无果锈。果皮细薄，黄绿色，平滑，有少量锈斑。果肉白色，肉质细嫩松脆，汁多味甜，果心较小，石细胞极少，可溶性固形物含量12％～13.5％。在浙江省杭州地区果实7月下旬至8月上旬成熟。

第二节　中熟品种

一、早魁

河北省农林科学院石家庄果树研究所杂交育成。树势健壮，树姿开张，生长旺盛。幼树新梢生长量可达160厘米以上，成龄树新梢长度可达100厘米。萌芽率高（80.73％），成枝力较强，以短果枝结果为主，幼旺树也有中长果枝结果，并有腋花芽。果台副梢连续结果能力中等。结果早，丰产。抗黑星病能力较强。

果实椭圆形（萼端较细），平均单果重258克，最大果重500克。果面绿黄色，充分成熟后呈金黄色。果皮较薄，无锈斑，果点小而密，萼片脱落或残存，果肉白。肉质较细，松脆适口，汁液丰富，风味香甜。果心小，石细胞和残渣少，可溶性固形物含量12.6％，品质上等。在河北省石家庄地区8月初成熟。

二、早红考密斯

美国从考密斯中选出的红色芽变品种。树势中庸偏强。萌芽率高，成枝力强，树冠内枝条较密。成花容易，结果较早。多以短果枝结果为主，坐果率高，丰产、稳产。适应能力较强，抗黑星病，抗寒能力中等。

果实短葫芦形。平均单果重 220 克，最大果重 350 克。果实全面紫红色。果面光滑，蜡质较多，有光泽。果点中大，明显。萼片宿存或残存。果皮较厚，果心中大。果肉乳白色，肉质细腻。经后熟果肉柔软多汁，石细胞少，风味酸甜，芳香浓郁。可溶性固形物含量 13%，品质上等。果实 8 月初成熟，果实发育期为 130 天左右，经 10~15 天完成后熟。常温条件下果实可贮藏 15 天，冷藏条件下可贮藏 3~4 个月。

三、红茄梨

美国从茄梨中发现的红色芽变品种，又称红星梨。树势较强，萌芽率 63.9%，成枝力中等，一般剪口下抽生长枝 2~3 个。以短果枝结果为主。适应性强，抗寒性较强，不抗腐烂病。

果实中大，细颈葫芦形。平均单果重 132 克。果实为全面紫红色。果皮平滑有光泽，有的稍有棱起。果点中多，褐紫色。萼片宿存。果肉乳白色，肉质细脆，后熟变软，可溶性固形物含量 12.3%，品质上等。在河南省郑州果实 8 月上旬成熟，果实发育期 97 天。

四、新梨 7 号

新疆维吾尔自治区塔里木农垦大学植物科技学院杂交育成。树势强健，萌芽率高，成枝力强。容易成花，结果早。一般定植后第 3 年开始结果，丰产、稳产。无采前落果现象。较耐盐碱，在土壤含盐量 0.3% 以下的条件下生长良好。较耐瘠薄。较抗梨黑星病、轮纹病和黑斑病。

果实卵圆形。平均单果重 220 克，最大果重 360 克。果实绿色，表面 1/3 有红晕，果面光滑，果点中大而密，套袋果几乎看不见果点，外观十分美丽。果皮极薄，萼片残存。果肉白色，酥脆多汁，石细胞极少，口感好，果心极小，可溶性固形物含量 11.6%～13.5%，品质极优。在山东阳信果实 8 月上旬成熟。果实极耐贮藏，室温下一般可贮放 30～40 天，在 3℃冷藏条件下可贮至翌年 5 月。贮藏后果皮变为黄色并带有红晕，外观极佳。

五、八月红

陕西省果树研究所杂交育成。树姿较开张。定植后 3 年开始结果。各类果枝及腋花芽结果能力均强。果台副梢连续结果能力强。花序坐果率和花朵坐果率高。采前落果轻，丰产、稳产。高抗梨黑星病、轮纹病和腐烂病，较抗梨锈病和黑斑病。抗旱、耐寒、耐瘠薄。

果实卵圆形。果实大，平均单果重 262 克，最大果重 453 克。萼片宿存。果面平滑，蜡质少，果点小而密。果实底色黄色，阳面鲜红色，着色部分占 1/2 左右，有光泽，外观艳丽。果心小，果肉乳白色，肉质细脆，石细胞少，汁液多，味甜，香气浓，可溶性固形物含量 11.9%～15.3%。品质上。果实 8 月中旬成熟，果实发育期 125 天。最佳食用期 20 天，耐贮性差，但抗贮藏病害。

六、中梨 1 号

中国农业科学院郑州果树研究所杂交育成，俗称为绿宝石。生长势较强，萌芽率高（68%），成枝力中等（2～3 个）。早果丰产性好。适应性广，耐高温、多湿环境。在前期干旱少雨、果实膨大期并多雨的年份，有轻微的裂果现象发生。

果实近圆形或扁圆形。平均单果重 220 克，最大果重 450 克。果皮黄绿色，果面较光滑，果点稀少，外观漂亮。萼片脱落，果形正。果心大小中等。果肉乳白色，肉质细脆，石细胞少，汁液多，风味甘甜可口，有香味，可溶性固形物含量 12%～13%，品质极上等。在河南省郑州果实于 7 月中旬成熟。成熟后可一直延迟到 8 月上中旬采收，不落果。果实货架寿命 20 天。在冷藏条件下，果实可贮藏 2～3 个月。

七、幸水

日本主栽品种，目前在我国南北许多省份都有栽培。树势中庸，萌芽力中等，成枝力弱。结果早，以短果枝结果为主。果台副梢抽生能力中等，较丰产、稳产。适应性较强，抗旱、抗黑星病、黑斑病能力强，抗旱、抗风力、抗寒性中等。对肥水条件要求较高，适宜长江中下游发展。

果实扁圆形。平均单果重 165 克，最大果重 330 克。果皮黄褐色，果面稍粗糙，果点大而多。萼片脱落。果心小或中大，果肉白色，肉质细嫩，汁液较多，石细胞少，味浓甜，有香气，可溶性固形物含量 11%～14%，品质上等。在辽宁省兴城果实 8 月中旬成熟。不耐贮藏。常温下可贮存 1 个月左右。

八、黄花梨

原浙江农业大学园艺系杂交育成。浙江、江苏、湖北、湖南等地有栽培。以面积和产量衡量，黄花梨（占总产 6%）已成为目前我国梨生产上的主要品种之一。树势强健，萌芽力强，成枝力中等。定植后 2～3 年开始结果。以短果枝结果为主，丰产、稳产。

果实圆锥形，平均单果重 130～200 克。果皮黄褐色，果面粗糙。萼片宿存。果心中大，果肉白色，肉质较粗，松脆，汁多，味甜，可溶性固形物含量 13.1%，品质上。在浙江省杭州果实 8 月中旬成熟。果实发育期 125 天。

九、黄冠

河北省农林科学院石家庄果树研究所杂交育成。是目前我国生产上发展迅速的一个新品种。树势强健，萌芽力强，成枝力中等。定植后 2～3 年开始结果。以短果枝结果为主，一般每果台可抽生 2 个副梢，果台副梢连续结果能力强。幼树腋花芽较多，采前落果轻，丰产、稳产。适应性广，抗梨黑星病能力很强。平均每果台坐果 3.5 个。适宜在华北、西北、淮河和长江流域栽培。但有些年份，临近果实成熟期遇雨或在贮藏期间，果实易发生"鸡爪病"。

果实椭圆形。平均单果重 235 克，最大果重 360 克。果皮绿黄色，果面光洁无锈，果点小，中密，美观。萼片脱落。果心小，果皮薄。果肉洁白，肉质细嫩松脆，汁液多，石细胞及残渣少。风味酸甜适口，具浓郁芳香。可溶性固形物含量 11.6%，品质上等。在河北省石家庄果实 8 月中旬成熟。果实发育期约 120 天。果实在自然条件下可贮藏 20 天，冷藏条件下可贮至翌年 3～4 月份。

十、雪青

原浙江省农业大学园艺系杂交育成。生长势较强，树姿开张。萌芽力和成枝力高，腋花芽多。以短果枝结果为主。丰产、稳产、抗性强。

果实圆形。平均单果重 230 克，最大果重 400 克。果皮黄绿色，光滑，外观美。果肉白色，果心小，肉质细脆多汁，味甜，可溶性固形物含量 12.5%，品质上等。在河北省保定果实 8 月中旬成熟，可延迟采收。极耐贮藏。有时大果易出现果面凹凸不平现象。

十一、丰水

日本农林省果树试验场杂交育成。以面积和产量衡量，丰水（占总产 7%）已成为目前我国梨生产上的主要品种之一。幼树生长旺盛，萌芽力强，成枝力低。以短果枝结果为主，中、长果枝也可结果。连续结果能力强，易丰产。花芽极易形成，花量大，坐果率高。抗黑斑病和轮纹病。适应性广，丘陵地、沙滩地、平原均可栽培。

果实圆形或扁圆形。平均单果重 236 克，最大果重 530 克。萼片脱落。果皮黄褐色，果点大而多，外形美观。果心小。果肉淡黄白色，肉质细嫩，柔软多汁，风味浓甜，石细胞极少，可溶性固形物含量 13.6%，品质上等。在河南省郑州果实于 8 月中旬成熟，果实发育期约为 120 天，但不耐贮藏。

十二、圆黄

韩国园艺研究所杂交育成。树势旺盛，树姿半开张。萌芽力强，成枝力中等。以短果枝结果为主，花芽容易形成，果台副梢抽枝能力强。抗黑斑病能力强。栽培管理容易，适合华中、华北及长江以南地区栽培。结果后树势易衰弱，需要肥水较多。

果实扁圆形，外形美观。平均单果重 380 克，最大果重 630 克。果皮锈褐色，果点大而多。果心中大。果肉为透明的纯白色，肉质细腻，柔软多汁，味甘甜，并有奇特的香味。石细胞极少，可溶性固形物含量 15%～16%，品质极佳。在河北省保定果实于 8 月中下旬成熟，果实发育期约为 120 天。不耐贮藏，常温下可贮藏 30 天。

十三、玉露香

山西省农业科学院果树研究所杂交育成。幼树生长势强，结果后树势中庸。萌芽率较高（65.4%），成枝力中等。定植后3～4年结果，易成花，坐果率高，丰产、稳产。但花粉量少，不宜作授粉树。适应性广，对土壤要求不严，抗腐烂病能力强，抗梨黑心病能力中等。

果实近球形，果形指数0.95。平均单果重237克，最大果重450克；果面光洁，细腻具蜡质。阳面着红晕或暗红色纵向条纹，果皮采收时黄绿色，贮后黄色，色泽更鲜艳。果皮薄，果心小，可食率高（90%）。果肉白色，酥脆，无渣，石细胞极少。汁液极多，味甜，清香，口感极佳。可溶性固形物含量12.5%～16.1%，品质极上。在山西省太谷果实成熟期8月底至9月初，但8月上中旬即可食用，果实发育期130天。果实耐贮藏，在自然土窑洞内可贮4～6个月，恒温冷库可贮藏6～8个月。

十四、硕丰

山西省农业科学院果树研究所杂交育成。树姿较开张。定植后3～4年开始结果。结果初期中、长果枝较多。大量结果后以短果枝结果为主，腋花芽结果能力较强。果台枝抽生能力强，健壮果台一般可抽生1～3个中、长枝，连续结果能力强。花序坐果率高，丰产、稳产。较抗寒，对气候、土壤的适应范围较广，抗梨黑星病。

果实近卵形或阔倒卵形。平均单果重250克，最大果重950克。果面光洁，具蜡质，果皮绿黄，具红晕或近于满面红色。果点细密，淡褐色。萼片宿存或脱落。果心小，果肉白色，质细松脆，石细胞少，汁液极多，味甜或酸甜，具香气，可溶性固形物含量11.2%～14.0%，品质上等。果实9月初成熟，但 8 月下旬即可食用。果实耐贮，在土窑洞内可贮至翌年 4～5 月份。最适食用期为 9 月初至翌年 4～5 月份。

十五、美人酥

中国农业科学院郑州果树研究所与新西兰皇家园艺与食品研究所合作杂交育成。树势中庸，萌芽率高，成枝力较强。以中、短果枝结果为主，腋花芽也可结果。短果枝寿命较长。幼树定植后 3 年即可结果。花序坐果率高，易丰产。适应性广，抗性较强。

果实卵圆形。平均单果重 220 克，最大果重 482 克。果实底色淡绿黄色，阳面着淡红色。果肉白色，肉质细嫩、松脆，汁液多，味酸甜适口，稍有涩味。果心较小，石细胞少，可溶性固形物含量 11.8%，品质中上或上等。在河南省郑州果实 8 月底至 9 月初成熟。常温下果实可贮藏 25 天左右。

十六、红酥脆

中国农业科学院郑州果树研究所与新西兰皇家园艺与食品研究所杂交育成，也称红蜜。树势较强，成枝力中等，萌芽率高。以短果枝结果为主，中、长果枝及腋花芽亦可结果。短果枝寿命较长。幼树定植后 3 年即可开花结果。

果实圆形或近圆形。平均单果重 290 克，最大果重 482克，成熟时果实底色暗绿黄，阳面有红晕。果肉白色，肉质细、酥脆，汁极多，渣少，味甜，有淡涩味。果心很小，石细胞少，可食率高，可溶性固形物含量 11.5%，品质中上等。在河南省郑州果实 9 月上旬成熟，常温下果实可贮藏 1 个月左右。

十七、红巴梨

澳大利亚从巴梨中选出的红色芽变品种。树势较强，树姿直立。幼树萌芽率高,成枝力中等。以短果枝结果为主,部分腋花芽也能结果。连续结果能力弱,采前落果少,较丰产、稳产。适应性较广,喜肥沃沙壤土,抗风、抗梨黑星病能力较强。抗寒力弱,在−25℃条件下冻害严重。抗病能力较弱,尤其易染腐烂病,导致植株寿命缩短。

果实葫芦形。平均单果重 250 克,最大果重 300 克。萼片残存。果面底色绿,成熟后阳面鲜红色,蜡质多,果点小而稀。果肉白色,后熟后变软,细腻多汁。石细胞极少,果心小,味香甜,可溶性固形物含量 13.8%,品质极上。在北京果实于 9 月上旬成熟,果实发育期 140 天左右。常温下贮藏 15 天,冷藏条件下可贮藏 2～3 个月。

十八、五九香

中国农业科学院果树研究所杂交育成。树势较强,树姿开张。萌芽率强(87.4%),成枝力中等。定植后 4～5 年开始结果,以短果枝结果为主,有少量腋花芽。果台副梢连续结果能力达 36%,花序坐果率 88%,每序 1～2 个果,多为单果。较丰产、稳产,无采前落果现象。适应性强,对土壤条件要求不严,抗旱、抗寒、抗风和抗腐烂病能力较强。

果实呈粗颈葫芦形,顶部略瘦小。平均单果重 300 克,最大果重 750 克。果皮光滑,黄绿色,阳面着淡红晕,有棱状突起。果肉淡黄白色,肉质中粗,经后熟后变软,汁液多,味酸甜芳香,可溶性固形物含量 12.2%,品质优良。在辽宁省兴城果实 9 月上中旬成熟,果实发育期为 130 天左右。常温下可贮存 20 天左右,在 8～10℃条件下,可贮放 2 个月;在 0～5℃下可贮放 4 个月。

十九、龙园洋红

黑龙江省农业科学院园艺分院杂交育成,是三倍体梨短枝型新品种。树势强壮，树姿开张，萌芽力和成枝力强。以短果枝结果为主（约占85％），抗寒力强。

粗颈葫芦形，果形指数1.13。平均单果重300克，最大果重651克。果皮黄绿色，阳面有红晕。果皮中厚，果点中小，中多。萼片宿存。果肉白色，细软多汁，石细胞中多，风味酸甜适度，风味甜，有香味，可溶性固形物含量16.1％。品质上。在黑龙江省哈尔滨果实9月15日左右成熟。果实发育期120天。可贮放1个月。

二十、南果梨

主要分布在东北和内蒙古自治区一带，辽宁省鞍山、海城、辽阳等地较为集中。以面积和产量衡量，南果梨（占总产6％）已成为目前我国梨生产上的主要品种。树势中庸，萌芽力强，成枝力弱。定植后4～5年开始结果，丰产。以短果枝结果为主。抗寒性强，抗梨黑星病。对土壤及栽培条件要求不严，适宜冷凉及较寒冷地区栽培。

果实圆形或扁圆形。平均单果重58克。果皮黄绿色，阳面有鲜红晕。果面平滑，有光泽，果点小。萼片脱落或宿存。果实采收后即可食用，脆甜多汁，采后经15天左右后熟，肉质柔软易溶于口，汁液极多，甜酸可口，有浓香，石细胞少，可溶性固形物含量15.5％，品质极上。在辽宁省鞍山果实9月上中旬成熟。一般可贮存1～3个月。

二十一、鸭梨

为我国古老的优良品种之一，原产河北省，主要分布在河北、辽宁、山东、河南、江苏、陕西、安徽和四川等省。本品种有几个大果型和自花结实芽变品种（如大鸭梨、金坠梨等）。以面积和产量衡量，鸭梨（约占总产量的12％）是目前我国梨生产上的第二大品种。适应性强，较抗寒，适宜沙壤土栽培。

果实呈倒卵形或短葫芦形，果梗部向一方隆起，果肩一侧常具有鸭嘴状突起，且有锈斑。平均单果重160～200克。果皮绿黄色，贮藏后转为黄色，果点小，果面平滑，有蜡质光泽。果实皮薄，果肉白色，肉质细嫩而脆，汁液极多，味甜微香，可溶性固形物含量11.0%～13.8%，品质上等。在河北中部地区果实9月中旬成熟。较耐贮藏，一般可贮至翌年2～3月份。

二十二、雪花梨

主要分布在河北平原梨产区，以赵县栽培最多。萌芽力和成枝力均较强。定植后2～4年结果，较丰产。以短果枝结果为主，中、长果枝及腋花芽结果能力较强。短果枝寿命较短，连续结果能力差，结果部位易外移。适应性强，喜肥水，在平原沙地栽培产量高，品质好。抗病虫能力较强，抗寒、抗旱力也较强。抗风、抗药能力较差。

果实长卵形或长椭圆形。平均单果重300克，最大果重1500克。果皮绿黄色，皮细而光滑，有蜡质，贮藏后变鲜黄色。果点褐色，较小而密，分布均匀，脱萼。果心小，果肉白色，石细胞稍多，果肉稍粗糙，脆而多汁，有微香，味甜，可溶性固形物含量11%～13%，品质中上等。在河北省赵县9月中下旬成熟，耐贮运。可贮存至翌年2～3月份。

二十三、砀山酥梨

原产安徽砀山，又名酥梨、砀山梨。主产安徽砀山及河南宁陵、永城等地，为我国中部地区优良品种之一。以面积和产量衡量，砀山酥梨（占总产24%）是目前我国梨生产上的第一大品种。该品种有多个品系，如白皮酥、青皮酥、金盖酥和伏酥等，其中以白皮酥品质最好。树势较强，萌芽率高（82%），成枝力中等。定植后4～5年开始结果，以短果枝结

17

果为主，腋花芽结果能力强。果台可抽生1～2个副梢，连续结果能力弱。较抗寒，适于冷凉地区栽培。抗旱、耐涝性也较强，抗梨腐烂病、黑星病能力较弱。适宜黄河故道和新疆维吾尔自治区的沙荒和盐碱地上栽培。

果实近圆柱形，顶部平截稍宽。平均单果重239～270克，最大果重500克。果皮绿黄色，贮藏后转变为黄色，果点小而密，果肩部位常有零星小锈斑。萼片多脱落。果心小，果肉白色，肉质较粗而酥脆，汁液多，味甜，可溶性固形物含量11%～14%，品质上等。在安徽省砀山果实9月中下旬成熟，果实发育期126天。

二十四、黄金梨

韩国国立研究所园艺场罗州支场杂交育成。以面积和产量衡量，黄金梨（占总产6%）已成为目前我国梨生产上的主要品种之一。幼树生长旺盛，树姿较开张。结果早，极易成花，丰产性好。因雄蕊退化，花粉量极少，不能给其它品种授粉。对梨黑星病、黑斑病抗性较强。适应性强，但生长和结果对肥水的要求较高。

果实圆形或长圆形，果形端正。平均单果重430克，最大果重750克。果面绿色，充分成熟后变为金黄色。套袋果绿白色，无果锈，美观。果皮薄而细嫩，果面光洁。果点小，圆形，淡黄褐色。果心小，果肉白色，肉质细腻，果汁多而甜，具有清香气味，可溶性固形物含量14%～16%。果实充分成熟后，香味浓，果皮呈金黄色，品质上等。在山东省威海果实9月中下旬成熟。耐贮运，常温下贮藏期为30～40天，在冷藏条件下（0～5℃），可贮藏6个月。

二十五、寒红

由吉林省农业科学院果树研究所杂交育成。萌芽率高，成枝力中等。自花授粉不结实。幼树长果枝结果比例较高，成龄树短果枝结果为主，并有腋花芽结果习性。定植后 4～5 年开始结果。抗寒力强，抗梨黑星病、褐斑病、黑斑病和轮纹病。

果实圆形，平均单果重 200 克，最大果重 450 克。果皮底色鲜黄，阳面艳红，外观美丽。肉质细、酥脆多汁，石细胞少，果心中小。味酸甜适口，有香气，可溶性固形物含量 15% 左右，品质上等。在吉林省公主岭果实 9 月下旬成熟。可贮藏 120 天以上。

二十六、库尔勒香梨

产于新疆维吾尔自治区南疆各地，以库尔勒地区较为著名。是我国西北地区最优良的品种。以面积和产量衡量，库尔勒香梨（占总产 5%）已成为目前我国梨生产上的主要品种。树势强健，萌芽力中等，成枝力强。定植后 3～4 年开始结果，以短果枝结果为主，腋花芽和长、中果枝结果能力亦强。丰产、稳产。适应性广，沙壤土、黏重土均能栽培。抗寒性较强，耐旱，但 −22℃ 时部分花芽受冻，−30℃ 时受冻严重。抗风力较差。

果实纺锤形或倒卵圆形。平均单果重 104～120 克，最大果重 174 克。果皮黄绿色，阳面有暗红晕。果面光滑，果点极小，不明显。果皮薄。萼片脱落或残存。果心较大，果肉白色，肉质细腻多汁，松脆，味甜，有浓郁芳香，可溶性固形物含量 13.4%～15.0%，品质极上。在新疆维吾尔自治区库尔勒果实 9 月下旬成熟。可贮存至翌年 4 月。

二十七、寒香

由吉林省农业科学院果树研究所杂交育成。树势中庸，萌芽率较高，成枝力强。自花结实率低，以短果枝和腋花芽结果为主。定植后 4 年开始结果，丰产。抗寒力强，适应性广，较抗梨黑星病。

果实近圆形。平均单果重 150～170 克。果皮绿黄色，阳面有红晕。果点小，萼片宿存。果皮薄，果肉白色。果心小，石细胞少。采收时果肉坚硬，经 10 天后熟，果肉变软，肉质细腻多汁，味酸甜，可溶性固形物含量 16.0%，品质上等。在吉林省公主岭果实 9 月下旬成熟。耐贮藏。

二十八、锦丰

中国农业科学院果树研究所杂交育成。我国北方各省均有栽培。树势强健，萌芽力、成枝力均强。定植后 3～4 年结果，丰产、稳产。幼树各类果枝均可结果，大树以短果枝结果为主，中、长果枝和腋花芽也有结果能力。花序坐果率 82%，花朵坐果率中等。果台连续结果能力弱。无采前落果现象。抗寒力强，适于冷凉地区栽培。对土壤条件要求较严，喜深厚沙壤土。抗梨黑星病能力较强，对肥水要求较高。

果实近圆形。平均单果重 280 克，最大果重 451 克。果皮黄绿色，贮后转为黄色。果面平滑，果点大而明显，果心小，肉质细脆，汁液极多，风味浓郁，酸甜适口，可溶性固形物含量 12%～15.7%，品质极上。果实 9 月下旬成熟。最佳食用期可达 5～7 个月。耐贮藏，可贮存至翌年 5 月。贮后果实风味更佳。

二十九、红安久

美国华盛顿州从安久梨中选出的浓红型芽变品种。树势中庸或偏弱。萌芽率高，成枝力强。以短果枝和短果枝群结果为主，连续结果能力强。结果较早，丰产。适应性较强，较抗梨黑星病，但易感染腐烂病。

果实葫芦形。平均单果重 230 克，最大果重 500 克。果皮全面紫红色，果面光滑，具蜡质光泽。果点小而明显，中多。萼片宿存。果肉乳白色，肉质致密细脆，石细胞少，采后经1周后熟，果实柔软多汁，味酸甜，具芳香。可溶性固形物14%，品质极上。在山东省惠民果实9月下旬成熟，果实发育期约160天。果实较耐贮藏。常温条件下可贮藏30天左右，冷藏条件下可贮藏4～6个月。

三十、晚香

黑龙江省农业科学院园艺研究所杂交育成。树势强壮，树姿半开张。结果早，以短果枝结果为主。果台枝抽生能力强，连续结果能力较强。每花序坐果1～4个。无采前落果现象。丰产、稳产。抗寒、抗腐烂病能力强。

果实近圆形，果形指数0.95。平均单果重180克，最大果重400克。采收时果面浅黄绿色，贮藏后转为鲜黄色。果皮中厚，蜡质少，有光泽，无果锈。果点中大，萼片宿存。果心小，果肉白色，果肉脆，较细，石细胞少，果汁多。可溶性固形物含量12%，品质中上。在黑龙江省哈尔滨9月末成熟，可贮藏5个月。最佳食用期10月末至11月初。适宜冻藏。

第三节 晚熟品种

一、大果水晶

韩国从新高梨枝条芽变中选育而成的品种，也称金水晶。树势强健，成枝力中等。结果早，丰产、稳产。以短果枝群结果为主，腋花芽结果能力强。花序坐果率高达90%，花朵坐果率在25%以上，丰产性极好，无采前落果现象。高抗黑星病、炭疽病、轮纹病等。适应性强，抗寒、抗旱、耐瘠薄。

果实近圆形或圆锥形，大小整齐，果形端正。平均单果重480克，最大果重850克。果皮前期为深绿色，成熟时为乳黄色，晶莹光亮，有透明感，外观美丽。果肉细腻嫩脆，白色至金黄色透明状，果心小，多汁，石细胞极少，味甘甜，可溶性固形物含量14%～16%，品质极上。在山东省泰安果实9月底至10月初成熟，可延迟采收不落果。耐贮运。常温下可存放70天左右。冷藏条件下，可贮存至翌年4月份。

二、新高

日本神奈农业试验场杂交育成。幼树生长势强健，枝条粗壮。萌芽率高，成枝力弱，一般剪口下抽生1～2个长枝。以中、短果枝结果为主，长果枝也能结果，连续结果能力强。极易形成花芽。花序坐果率为80%，花朵坐果率40%以上。早果、丰产性很强。采前落果轻。自花结实率低，需配授粉树。抗病力强，适应性广泛。

果实扁圆形，平均单果重302克，果形指数0.87。果皮褐色，果面较光滑，果点中等大小，密集，萼片脱落。果肉乳白色，中等粗细，肉质松脆。果心小，圆形，石细胞及残渣少，汁液多，风味甜，可溶性固形物含量13%～14%。品质上等。在冀中南9月下旬至10月上旬成熟。耐贮藏，而且果实切开后果肉不易变褐。

三、苹果梨

在我国北方分布广泛，尤以吉林省延边地区栽培比较集中。树势强健，萌芽力强，成枝力中等。成年树以短果枝为主。定植后3年结果，丰产性强。抗寒，能耐-36℃低温。喜深厚沙质壤土。抗旱、抗梨黑星病、抗涝力强，但抗风、抗病虫、抗药力较差。

果实呈不规则扁圆形。平均单果重250克，最大果重600

克。果面黄绿色，阳面有红晕，外形似苹果。果心小，肉质细脆，汁多，酸甜适度，微带香气，可溶性固形物含量 12.8％，品质中上。在吉林省延边果实 9 月下旬至 10 月上旬成熟，耐贮藏。可贮存至翌年 5～6 月。

四、晚秀

韩国园艺研究所杂交育成。树势强健，树姿直立，枝条粗壮。花芽饱满。萌芽率低，成枝力强。定植后第三年开始结果，长枝缓放，容易形成短果枝。花序坐果率高。

果实近扁圆形，平均单果重 660 克。果面光滑，果皮黄褐色，果顶平而圆，果点较大而少。果面有光泽，萼片脱落。果皮中厚，果肉白色，石细胞极少，果肉硬脆，质细多汁，风味好，品质极上。采后存放 1 个月后风味更好。在华北地区，果实 10 月上旬成熟。

五、金花 4 号

四川农学院和金川县共同从金花梨中选出的优良芽变品种。树势健壮，萌芽率 87.8％，成枝力弱，一般剪口下抽生 1～2 个长枝。早果性强，定植后 2～3 年开始结果。以短果枝结果为主。自花结实率低。适应性广，耐湿，抗旱，丰产、稳产。抗寒性较强，能抗－20℃低温。对梨黑星病、轮纹病和食心虫抗性较强。

果实椭圆形或长卵圆形。平均单果重 415～462 克，最大果重 1400 克以上。果皮绿黄色，果面光洁，贮后转为黄色。果面平滑，有蜡质光泽。果点中大，中多，圆形或点状，黄褐色。萼片脱落。果心小，果肉白色，肉质较细，松脆多汁，石细胞少，味甜。可溶性固形物含量 12.7％～17％。品质中上。在河北省北部果实 10 月上中旬成熟。果实发育期 159 天。果实耐贮运，一般可贮藏至翌年 4～5 月份。

六、安梨

在河北省东北部和吉林、辽宁等地栽培较多，又称酸梨。适应性广，抗寒、抗涝、抗旱力均强。对梨黑星病具有极强的抵抗力，寿命长，易丰产，但生理落果较多。

果实扁圆形。平均单果重 127 克。果实黄绿色，贮后变黄色。果面较粗糙，皮厚，果点中大而密。果肉黄白色，采收时肉质粗脆、致密，石细胞多，汁液中多，味酸。10 月中旬果实成熟。果实极耐贮藏和运输，可贮至翌年 5～6 月，经长时间（4～5 个月）贮藏，果肉变软，汁液增多，甜味增加，味酸甜，品质中上等。也可作为冻梨食用。

七、爱宕

日本冈山县龙井种苗株式会社杂交育成。树势强健，树姿直立。萌芽力强，成枝力中等，容易形成短果枝。以短果枝和腋花芽结果为主，易形成花芽。早果、丰产性强。自花结实率高。抗黑斑病、黑星病能力强。但果实抗风力较差，成熟期如遇大风易造成采前落果。

果实略扁圆形，但果实过大时果形不端正。平均单果重 450 克，最大果重 2100 克。果皮黄褐色，较薄，表面光滑，果点较小。果肉白色，肉质松脆，石细胞少。风味甘甜可口，多汁，无石细胞，果心小，成熟后有香味，可溶性固形物含量 13% 左右，品质上等。在河南省郑州果实于 10 月中旬成熟。果实较耐贮藏。

第二章 建 园

建园是梨树栽培的开始，建园质量直接关系着能否实现早期丰产、高产、稳产、优质、低成本和高收益的目标。与其它主要落叶果树相比，梨树寿命较长，因而，建园基础对于梨树未来生长结果影响更大。因此，建园时必须做到长远考虑，统筹规划，合理安排。

第一节　无公害生产对选址的要求

梨果的无公害生产，最基本的要求就是梨园环境必须符合要求。如果在已经污染的环境中栽植梨树，不仅会加大治污生产成本；而且往往难以达到理想的栽培目的，因为环境中的污染一旦形成，就很难在短期内消除。比如土壤和灌溉水中重金属（如砷、铅、铬、镉、汞等）污染、土壤中的农药污染（有机砷、有机磷、有机氯等）都会直接进入梨果，形成污染。所以，从节本增效角度出发，选择无污染环境是梨园选址的最起码要求。

一、环境质量要求

无公害生产选址一般要求建园地点距交通主干道 100 米以上、周围 5 公里范围内无化工厂、水泥厂、热电厂等污染源，空气清新（无二氧化硫、氟化物、氮氧化物、氯气、粉尘和飘尘等污染），灌溉水、土壤无污染。目前，我国对于无公害生产梨园灌溉水、土壤和空气质量具有如表 2-1～表 2-3 所列要求，供建园选址时参考。

表 2-1　无公害梨产地灌溉水质量要求

项　目	浓度限值/(毫克/升)	项　目	浓度限值/(毫克/升)
氯化物	≤250	总铅	≤0.10
氰化物	≤0.5	总镉	≤0.005
氟化物	≤3.0	铬(六价)	≤0.1
总汞	≤0.001	石油类	≤10
总砷	≤0.10		

表 2-2　无公害梨产地土壤质量要求

项　目	含量限值/(毫克/千克)		
	pH<6.5	pH6.5~7.5	pH>7.5
总汞	≤0.3	≤0.5	≤1.0
总砷	≤40	≤30	≤25
总铅	≤250	≤300	≤350
总镉	≤0.3	≤0.3	≤0.6
总铬	≤150	≤200	≤250
总铜	≤150	≤200	≤200
六六六	≤0.5	≤0.5	≤0.5
滴滴涕	≤0.5	≤0.5	≤0.5

注：本表所列除六六六、滴滴涕外，其余各项含量限值适用于阳离子交换量>5厘摩尔/千克的土壤，若含量限值≤5厘摩尔/千克，其标准值为表内数值的一半。

表 2-3　无公害梨产地空气质量要求

项　目	浓度限值	
	日平均	1 小时平均
总悬浮颗粒物(TSP)(标准状态)/(毫克/米^3)	≤0.30	—
二氧化硫(SO_2)(标准状态)/(毫克/米^3)	≤0.15	≤0.50
氮氧化物(NO_2)(标准状态)/(毫克/米^3)	≤0.12	≤0.24
氟化物(F)/(微克/米^3)	≤7	≤20
铅(标准状态)/(微克/米^3)	≤1.5	—

注：日平均指任何一日的平均浓度；1小时平均指任何一小时的平均浓度。

二、生态条件要求

我国梨种类和品种繁多，栽植区域广泛，不同梨区生态条件有很大差别。所以，选择适宜当地生态条件的品种是成功进行无公害梨生产的关键。如东北地区适宜秋子梨的生产；华北地区适宜白梨的生产；我国南方大部分地区适宜砂梨的生产；我国东部沿海地区适宜西洋梨的生产；西北地区适宜新疆梨的生产等。

在我国华南及长江流域多湿高温区，要尽量选择地势高燥的半阴坡种植；在华北及黄河故道地区，要选择有灌溉条件的砂壤土或排水良好的轻碱土种植。在西北干旱黄土高原地区，应尽量选择有灌溉条件的滩沟地种植。在我国东北及内蒙古地区，要选择背风向阳坡地种植。

三、其它要求

梨树是抗逆性较强、适应性较广的果树，沙地、山地和丘陵地均可栽植。梨树对土质要求不严，比较耐旱、耐涝和耐盐碱（含盐量不能超过 0.3%）。只要不积水，均可发展。但从经济栽培的角度来看，仍以选择土层深厚（活土层 > 50 厘米）、排水良好（地下水位 > 1 米）、较肥沃的沙壤土、沙土、壤土为宜，土壤有机质含量最好在 1% 以上，土壤 pH 值 6~8。特别指出的是：近年引入的日韩梨品种，多数耐瘠薄能力较差，需要选择肥沃的土壤和采用良好的栽培技术，才能充分发挥品种自身的优势。

梨树开花期较早，在我国北方常遇晚霜而遭受冻害，故在选择园地时要注意避开易遭受霜冻的地带。

梨树有一定的连作忌地现象，同时，由于梨树寿命较长，长期营养偏好吸收容易导致土壤养分失衡，所以，从节本增效角度出发，不提倡老梨园更新时再种梨树。如果必须在老梨园重栽梨树，建议最好刨树后改种其它作物（特别是绿肥作物）或休闲2～3年后再定植。否则，栽树前一定要将老梨树根彻底刨除，并用溴甲烷或福尔马林进行土壤消毒。可将熏蒸剂放入有若干细孔的聚乙烯薄膜袋中，秋季埋于挖好的定植穴中下部，翌春再栽树。

第二节　园地类型与土壤改良

按照地势划分，梨树的建园地点大致可分为平地、丘陵地和山地。按照土壤性质划分，又可分为黏土、壤土、沙土、盐碱土等类型。对各类梨园进行客观分析和评价，是正确选择园地的基础。

一、丘陵地、山地梨园

山地梨园一般指坡度在10度以上，土壤水分较少，要求水土保持工程完善。山地梨园日照充足，空气流通，排水良好，一般比平地结果早，果实品质好，耐贮性强。丘陵地梨园一般指10度以下坡面上的梨园。由于丘陵地梨园土层较厚，土壤水分和养分较山地丰富，因而梨树生长发育较山地为好。山地和丘陵地梨园的坡向不同，对光质和光量的分布有很大影响。据观测，在同一坡度上，北坡较南坡日照时数少，昼夜温差小；南坡日照时间长，含水量较北坡少，昼夜温差大，物候期开始早、结束晚，易遭受晚霜及日灼危害。从接受漫射光量看，南坡较水面多接受13％，而北坡则比水面减少4％。坡度大小对温度的变化也有影响，突出地表现为坡度越大、温度变幅越小。此外，随着坡度变陡，土壤冲刷现象趋于严重，土壤厚度越薄，对梨树生长的影响越大。因此，山地和丘陵地建园的主要问题是水土保持。

二、沙地、河滩地梨园

沙地、河滩地梨园指大地形坡度在 5 度以下的冲积、风积和河滩沙地梨园。我国北方很多梨园（如河北中南部梨区、黄河故道梨区等）就是建立在不宜种植粮棉的旧河道和河流沿岸的沙滩地上。沙地梨园的特点是地势平坦，几乎不存在坡度和坡向问题，所以，有利于实现机械化，因其昼夜温差较大，果实含糖量较高，品质较好。但由于沙地小气候变化大，大风易使沙丘和沙片移动，造成梨树露根、埋干和偏冠，直接影响正常开花、坐果和产量，常成为沙地发展梨树的主要问题。此外，沙地一般都比较瘠薄，保水保肥力差，并且往往呈碱性反应。如黄河故道沙荒平原，干旱时期蒸发量很大，易引起盐碱上升，使梨树发生缺素症。河滩梨园的土壤中往往夹杂着大小不同的卵石，漏肥漏水严重，阻碍根系扩展，定植前应将根系分布层的卵石全部清除，换上好土。沙土下层有白干土（石灰质沉积层）易造成涝渍，限制根系向深处生长，建园时应予打透。总之，沙地建园的主要问题是风沙危害，因此，建园前应首先进行土地平整，以利排灌；营造防风林，防风固沙，保护梨树。

三、盐碱地、海滩地梨园

一般盐碱地梨园又分为滨海盐碱地梨园（如渤海湾地区）和内陆盐碱地梨园（如甘肃、内蒙、宁夏和其它部分盐碱地区）。两种盐碱地的共同特点是地下水位和土壤盐碱含量较高，土壤反应均呈碱性。高浓度的土壤盐碱影响梨树对养分和水分的吸收，使地上部生长发育受到抑制，降低果实品质。所以，盐碱地建园的主要问题是排水降盐。一般盐碱地都与地势低洼相联系，地下水位增高，盐碱随水位上升而引起盐渍化，造成梨树根系的反渗透，从而导致生理干旱；或因 pH 值增高，使某些元素呈不可利用状态，不能被梨树吸收。盐碱地土壤常较黏重，透水通气性不良，肥力较低，因此，建园前应有充分准备，预先修好排水洗盐设施，进行台田栽植，营造防护林，减少地面蒸发。

四、红黄壤梨园

红黄壤广泛存在于我国长江以南的丘陵山区。这些地区高温多雨，土粒风化完全，土粒细且极为黏重，素有"下雨乱糟糟，天旱一把刀"之说。这类土壤严重酸性化，土壤中的有机质含量少，养分易于淋失，但铁、铝等元素易于积累，有效磷活性极低。这类梨园主要问题是土质黏重，酸度过高。建园前应采取黏土掺沙（1份黏土＋2～3份沙土）、增施有机肥、种植绿肥作物、施用磷肥和石灰等进行土壤改良。

五、平地良田梨园

平地良田梨园是指由过去的基本农田改种梨树后的平地梨园。一般地势平坦，地面平整，土质多为壤土，土壤有机质含量较高，灌溉水源充足，建园成本较低，梨园管理方便。在冲积平原建立商品化梨果生产基地，梨树生长健壮，结果早，产量高，销售便利，因而经济效益较高。但是，根据国家一贯的产业方针和我国人多耕地少的实际，建梨园还是以尽量少占耕地为宜。

第三节　梨园规划与设计

梨园规划的内容很多，除了选择适宜的品种外（参考第一章），还应根据园地类型及特点，做好作业区划分、授粉树配置、栽植密度确定、防护林设置、道路系统规划、灌水和排水系统设置以及果园附属设施的规划等。

一、作业区的划分

作业区（或小区）是梨园中的基本生产单位，为管理方便而设置的。如果面积较小，条件变化不大，也可不设。作业区的大小因地形、地势、自然条件而有不同。山地的环境因子复杂，变化较大，作业区面积可以稍小，但主要应有利于水土保持。我国北方山地梨园的作业区一般为1.3～2公顷，丘陵地2～3.3公顷。作业区形状多采用2∶1、5∶2或5∶3的长方形，以利耕作和管理。但其长边必须与等高线走向平行，而且与等高线弯度相适应，以减少土壤冲刷，提高机械作业效率。

二、授粉树配置

保证梨树正常授粉受精，是提高产量和果品质量的重要条件之一。梨大部分品种自花结实率很低（如鸭梨、雪花梨、翠冠、砀山酥梨等）；有些品种虽自花结果率较高（如金坠梨、水晶梨、长二十世纪等），但配置授粉树后，产量和质量能进一步提高；有些品种有异花不实的现象（如苹果梨×大香水、长把梨×马蹄黄、黄金梨×华山、秋黄×华山、巴梨×雪凯尔等），需要严格选择授粉树；还有的品种自身花粉很少或花粉败育率较高（如黄金梨、新高等），不能满足其它品种授粉要求。因此，建园时必须根据梨园实际情况，注意配置适宜的授粉品种。梨主栽品种的适宜授粉树如表2-4所列。

（一）优良授粉树

优良授粉树应与主栽品种有良好的亲和力，能互相授粉，无明显的不良花粉直感现象；开花期与主栽品种基本一致，具有大量花粉，年年开花；适应栽植地区的自然条件；果实具有较高的经济价值；树体大小、经济寿命以及管理要求与主栽品种相似。

表 2-4 梨主栽品种的适宜授粉树

主栽品种	授 粉 品 种
鸭梨	雪花梨、砀山酥梨、金花梨、锦丰、早酥、京白梨、库尔勒香梨
茌梨	栖霞香水、鸭梨
黄冠	鸭梨、早美酥、绿宝石
秋白梨	鸭梨
雪花梨	鸭梨、砀山酥梨、锦丰梨
安梨	鸭梨、雪花梨
砀山酥梨	鸭梨、雪花梨、栖霞香水
苹果梨	雪花梨、栖霞香水
锦丰	鸭梨、雪花梨、苹果梨、砀山酥梨、早酥
早酥	鸭梨、雪花梨、苹果梨、锦丰、砀山酥梨
绿宝石	早酥、黄冠、七月酥、金花梨
南果梨	苹果梨、茌梨、巴梨
库尔勒香梨	鸭梨、茌梨、砀山酥梨
苍溪雪梨	鸭梨、茌梨、金花梨、金川雪梨
水晶梨	绿宝石、新世纪
大果水晶	丰水、金川梨、金花、鸭梨、香水
黄金梨	新高、丰水、翠冠、绿宝石、黄冠
七月酥	早酥、黄冠、幸水
早美酥	七月酥、黄冠、幸水
八月酥	华酥、翠冠、丰水
翠冠	黄花、新雅、清香
硕丰	红香酥、酥梨、冀蜜
新高	长十郎、黄花、红香酥
满天红	雪青、红香酥、红太阳
雪青	满天红、圆黄、鸭梨、黄花
圆黄	丰水、绿宝石、雪青
爱甘水	丰水、新兴、幸水
早红考密斯	红安久、红茄梨、黄冠、鸭梨、八月红
红安久	早红考密斯、红巴梨、鸭梨、八月红
红茄梨	早红考密斯、红安久
红巴梨	早红考密斯、红茄梨、冬香梨

（二）授粉树配置比例

授粉品种的配置比例，主要依经济性状而定。若授粉品种综合性状优良，具有与主栽品种同等的经济价值，可采用等量式，即1：1。如授粉品种综合性状较低，配置数量可少于主栽品种，采用（2～5）：1，甚至8：1的配置比例。为达到理想的昆虫传粉效果，要求主栽品种与授粉品种相距不宜超过20米。因此，乔砧稀植园的授粉树比例不能太少，矮砧密植园比例可适当少些。

（三）授粉树配置方式

授粉品种与主栽品种可以分行栽植，即先栽1行授粉树，再栽1～6行主栽品种，接着隔栽1行授粉品种，依此类推。为减少授粉树和提高授粉效果，也可在行内夹栽授粉品种，但管理较前者麻烦。如两个品种不能相互授粉，需配置第三个品种进行授粉，可采用复合行列式，即每个品种1～2行间隔栽植，山地梨园授粉树应等高栽植（图2-1）。

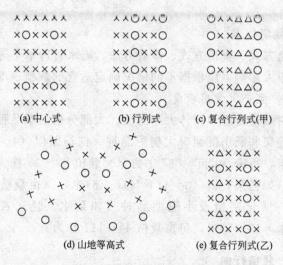

图 2-1 授粉树的配置方式

× 主栽品种；○，△ 授粉品种

33

三、栽植密度确定

（一）确定栽植密度的依据

1. 品种和砧木特性

不同品种的生长发育特性不同，树高和冠幅差异较大。一般树冠大的株行距也应相应加大，反之亦然。此外，砧木对接穗的生长势和树冠大小有显著影响，一般乔化砧树体高大，矮化砧树体矮小。

2. 立地条件

在土层深厚且肥沃、雨量充沛、气候温暖、生长期长的地区，梨树树冠较大，栽植密度可适当小一些；而在土壤瘠薄、干旱多风、生长期短的地区，树冠偏小，栽植密度也相应增大。此外，平原和山麓地带，立地条件较好，容易形成大冠，而随着相对高度的增加，坡度变陡，生长条件逐渐变差，树冠也相对变小，栽植密度也应根据树冠大小作出相应调整。

3. 栽培技术

栽植方式、整形方式、修剪方法、肥水管理水平等对树冠体积有很大影响，应根据不同情况确定适宜的栽植密度。

（二）生产上常用密度

梨树栽植密度与树体大小有关。大部分秋子梨品种以及秋白梨、茌梨和砀山酥梨等大树冠品种，株行距以（4～5）米×（5～6）米，每亩（1亩＝667平方米）栽植22～33株为宜。中冠品种（如鸭梨）以（3～4）米×（5～6）米，每亩栽植28～44株为宜。矮化密植及小冠型品种（如菊水、晚三吉等）以（2～3）米×（3～5）米，每亩栽植44～111株为宜。

四、栽植行向

平地长方形栽植的梨园，以南北行向为宜。尤其在密植条件下，南北行光照好，光能利用率高，上午光照 3 小时左右，下午光照 3 小时左右，光照均匀。东西行向上下午太阳光入射角低，顺行穿透力差；中午南面光照过量，易发生日灼，北面光照不足，在行窄树高的情况下，北行树冠下部受南行遮挡，易造成下部光照不良。据测定，同样条件下，采用南北行的梨园树冠一般比东西行多接受光照 13%。因此，在平地建立梨园时，提倡采用南北向。

五、防护林设置

在梨园四周或园内营造防护林带，对减轻梨园风害、提高梨园空气湿度、减轻气温变幅、防止水土流失、保证授粉昆虫活动有明显的效应。梨园防护林带的有效防护范围与林带类型有关，一般为树高的 25～30 倍，而最有效的防护范围通常为树高的 15～20 倍。

（一）林带类型

一般分为紧密型林带和疏透型林带两类。紧密型林带由乔木、灌木混合组成，中部为 4～8 行乔木，两侧或乔木的下部，配栽 2～4 行灌木。林带长成后，枝叶茂密，气流较难从林带内部顺利通过，防护效果明显。但强风遇林带受阻后被迫上升，翻越林带后不久即迅速下降而恢复风速，因而防护范围较窄。疏透型林带由乔木组成，或在乔木两侧植少量灌木，使乔木、灌木之间留有一定空隙，容许部分气流从林带中、下部通过，达到降低风速的目的。由于大风经过林带以后，风速不易恢复，故防护范围较宽。

（二）树种选择

用于梨园防护林的乔木树种，应生长迅速、树体高大、枝繁叶茂、根系深、林相整齐、寿命长、适应性强，与梨树无相同病虫害，适应当地的环境条件。北方梨园常用的乔木树种有加拿大杨、毛白杨、各种杂交杨、刺槐、臭椿、苦楝、白桦、白榆、核桃楸等；南方梨园常用的乔木树种有水杉、刺槐、马尾松、华山松、川白杨、桉树类、银合欢、水黄麻、冬青、青冈栎、麻栎、女贞、丛竹等。用作梨园防护林的灌木树种则要求再生性强、枝繁叶茂、且早期具有经济效益。北方梨园常用的灌木树种有紫穗槐、荆条、杞柳、玫瑰、花椒等；南方梨园常用的灌木树种有紫穗槐、胡秃子、木槿、油茶等。

（三）营造

梨园防护林的设置以梨园面积、有害风向以及地势、地形和气候特点为依据。设置方向与主要有害风向垂直，副林带与主林带垂直。主林带的间距通常为 200～400 米，副林带的间距为 500～1000 米。主林带宽幅一般为 10～12 米，多风地带可加宽至 20 米。副林带宽幅为 6～8 米，必要时加宽到 10 米。梨园防护林应在梨树定植前 2～3 年开始营造才能切实起到防护效果。乔木树种的行距为 1～1.5 米，株距 1 米，3～5 年后间伐成行距 1.5～2 米，树冠较大者最终行距为 2～3 米，株距 2 米。灌木株行距通常为 1 米×1 米。林带与梨树之间应挖深沟，防止窜根。此外，梨园防护林应注意选用多种树种间隔栽植营造林带，以防止因单一树种中传染性病害的传播可能导致林带的毁灭。为了节约土地和方便管理，梨园道路一般多依林带设置。栽植防护林以后，还要加强管理，避免缺株和损坏林相。

六、道路系统规划

为梨园管理和运输方便，应根据需要设置宽度不同的道路。各级道路应与作业区、防护林、排灌系统、输电线路、机械管理等互相结合。一般中型和大型梨园由主路（或干路）、支路和小路三级道路组成。大区常以主路为界，贯穿全园，路面宽度一般为 6～7 米。小区常以支路为界，路面宽度一般为 4 米左右，并与主路垂直相接。小区中间和环园路，可根据需要设置小路，路面宽度 1～2 米，以行人为主，并与支路垂直相接。小型果园，为减少非生产占地，可不设主路和小路，只设支路。山地梨园的道路应根据地形修筑。顺坡道路应选坡度较缓处，根据地形特点，迂回盘绕修筑。横向道路应沿等高线，按 3‰～5‰ 的比降，路面内斜 2°～3° 修筑，并于路面内侧修筑排水沟。支路应尽量通达各等高行，并选在小区边缘和山坡两侧沟旁，与防护林相结合为宜。丘陵地梨园的顺坡主路和支路应尽量选在分水岭上。平地或砂地梨园，如果面积较大，可设三级道路，面积较小可只设主路或支路。为减少道路两侧防护林对梨树的遮阳，可改设南侧。主路和支路两侧均应修筑中型或小型排水沟，并于梨树行端保留 8～10 米机械、车辆回转地带。

七、灌水和排水系统设置

梨园灌水形式有明沟灌水、暗沟灌水、喷灌和滴灌等。所用水源因地而异，平地梨园以河水、井水、库水、泯水为主，山地梨园以水库、蓄水池、泉水、引水上山等为主，西北干旱地区则以雪水灌溉为主要水源。梨园明沟灌水的输水和配水系统，包括干渠、支渠和园内灌水沟，三者均相互垂直，并与道路、防护林相互配合。干渠将水引至园中，纵贯全园。支渠将水从干渠引至作业区。灌水沟则将支渠的水引至梨树行间，直接灌溉树盘。干渠位置要高，以利扩大灌溉面积，缓坡地应设在分水岭或坡面上方；平坦沙地可设于主路一侧。为节水，干支渠应修成防渗渠道。有条件的梨园直接采用地下管道输水，在梨树行间配置小出水口。有条件的地区应大力发展节水灌溉，如喷灌、滴灌、沟灌、渗灌、小管出流等。

利用地下水灌溉的梨园，一般根据面积和抽水机功率大小每 5～25 公顷设置一眼机井。机井设在梨园或小区的中央地带，以缩短输水距离。

无论在平坦沙地、山地、丘陵地还是在低洼盐碱地建园，均应注意排水问题。排水系统一般由小区内的集水沟、作业区内的排水支沟和排水干沟组成，干沟末端为出水口。设置排水沟，应根据当地现有排水设备和今后排水计划安排，查清排水去向和地形坡度，再行安排梨园排水系统。平地梨园的集水沟应与作业区长边和梨树行向一致，也可与行间灌水沟并用或并列。集水沟的坡降应朝向支沟，支沟坡降朝向干沟。

山地或丘陵地梨园排水，应在坡地梨园的上部设 $0.6\sim1$ 米宽、1 米深的拦水沟，直通自然沟，拦排山上下泄的洪水。梯田或撩壕的内侧应设竹节沟（或小坝壕），连通两侧的自然沟或排水沟，将水排出园外或集于蓄水池、水塘或水库中。

八、梨园附属设施的规划

梨园的辅助建筑物包括办公室、财会室、车库、工具室、肥料农药库、卫生间、包装场、配药场、果品贮藏库、加工厂、职工宿舍和休息室等。无公害生产要求农药、化肥等农资必须专门存放，并具有完整的进出货及保存记录。一般在 $2\sim3$ 个小区的中间，靠近干路和支路处设立休息室和工具库，大型商品化梨园，每 $3\sim6$ 公顷设立一个简易卫生间。配药场应设在较高的部位，以便肥料由上往下运输，或者沿固定的渠道自流灌施。包装场、果品贮藏库和其它建筑物应设在交通方便和有利于作业的地方。

第四节 幼树定植与栽后管理

幼树定植质量直接关系到幼树成活率以及随后的生长状况和结果早晚。为达到早果、早丰的目的，建园时要求做到高标准定植苗木，以便为幼树成活及健壮生长奠定良好的基础。

一、栽植前的准备

(一) 土壤改良

栽树前改良土壤非常重要，特别是山坡、沙荒地建园，土层浅薄、土质较差、肥力很低，若不认真改良，势必导致栽植成活率低、幼树生长缓慢，难以达到早果丰产。土壤改良要根据不同情况，采取相应的措施。

1. 山坡地改良

山坡地的主要问题是地势不平，土层浅薄，砂石较多，水土流失严重。因此，必须修筑水平梯田或等高撩壕（图 2-2），将土中的卵石、粗砂、石块取出，填入好土，以防止水土流失。同时结合水土保持工程搞好土壤深翻熟化，将表层好土翻入下层，并添加有机肥料，或压入秸秆、杂草等，对改善土壤结构、提高土壤肥力，促进幼树生长具有显著效果。

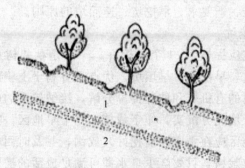

图 2-2　等高撩壕
1—撩壕；2—原坡

2. 沙荒地改良

沙荒地有机质缺乏，土壤结构不良，保肥保水能力差。沙地地下水常受淤泥层影响而形成假水位，地面常有风蚀。改良的有效方法是淘沙换土，增施有机肥料。可先将栽植坑用客土掺有机肥填充，以促进幼树成活，使其生长旺盛。以后每年秋季扩穴、掺土、施基肥、逐步改良沙性，效果非常明显。有条件的地方可引洪淤地，结合掺土加肥，种植绿肥作物，治沙更快。在有黏土间层的地带，若分布较浅，则需进行深翻，打碎黏土，使沙黏掺和，改善沙地理化性状。

3. 盐碱地改良

盐碱地改良的方向主要是设法排除土壤中过多的盐碱。有条件的地区可通过种稻改良盐土。一般果园可进行台田栽植或在果园四周深挖排水渠，行间开小沟，抬高树盘，雨季防止盐分随地下水上返。有条件的地方引用淡水灌溉，可降低土壤含盐量。此外，增施有机肥料，种植耐盐碱绿肥作物，如田菁、苜蓿、草木樨等，可提高土壤有机质含量，改良土壤结构。如沙子来源方便，可向盐碱地中掺入河沙，增加土壤通透性。

（二）定植穴的挖掘与回填

定植穴的挖掘与回填是关系到建园质量的重要环节，必须坚持高标准、严要求、早挖坑、速回填的原则。

1. 早挖坑

定植坑应提早3～4个月挖好。一般是秋栽树夏挖坑，春栽树秋挖坑，早挖坑，早填坑。优点是有利于土壤熟化，使填入定植坑内的有机肥和秸秆提早分解，接纳较多的雨水，或经灌溉促使土壤充分沉实，便于栽植。在干旱地区，特别是无灌溉条件的地区应在雨季以前挖好穴或沟，并及时回填。秋季或翌春挖小坑栽树，只要浇少量水即可满足成活的需要。

2. 挖大坑

栽植坑应适当挖大些，太小达不到改良土壤的目的。因此，无论是穴栽还是沟栽都要保证坑的深度和宽度。设计株距在3米以上的梨园，土壤条件好的，可以挖定植穴，以定植点为中心，挖1米见方的坑或圆穴，若下层土壤坚硬或有砾石，还应加大；栽植株距在3米以下的梨园，应挖定植沟，沟宽80～100厘米、深80厘米左右。下层土壤坚实，土质较差的地块，还应适当加深。挖掘时，要把表土（30厘米以上）、底土分开堆放，若下层有粗砂、石块、料姜石等，应全部拣出。河流故道地区，土壤保肥保水能力极差，结合挖定植穴或沟，换入一些比较黏重的土壤；而对土壤黏重、排水能力差的梨园，则应掺入一些沙土。

3. 及时回填

定植穴或沟挖好后，应迅速回填。将秸秆、杂草或树叶等粗大有机物与表土分层压入坑内。为加速分解和保持肥分的平衡，在每层秸秆上撒少量氮肥。尽量将好土填入下层，每填一层踩踏一遍，填至离地表25厘米左右时，撒一层粪土，每株施腐熟优质农家肥30千克左右，掺入过磷酸钙或油饼1～1.5千克，并与土壤拌匀填入坑内，然后填土至地表。土壤回填后，有灌溉条件的梨园应立即饱灌一次水，使坑内土壤充分沉实，以免栽树后土壤严重下陷，造成悬根、埋干和歪斜等现象，影响成活率和整齐度。

二、栽植时期

梨树苗木一般可在地上部生长发育停止或相对停止、土壤温度在5～7℃以上时定植，即自落叶开始到第二年春季萌芽前均可栽植。在冬季不太严寒的地区，以秋栽为好，甚至可在落叶前带叶栽植；但在严寒地区则以春栽较好，在土壤解冻后，春栽的时间越早越好。如果能有条件保持苗木芽子不萌动，可适当晚栽，待地温上升并稳定后再栽植，这样，缓苗期短，成活率高。

三、栽植方式

（一）长方形栽植

这是最常见的一种栽植方式。其特点是行距宽而株距窄，有利于梨树通风透光、梨园机械化管理和提高果实品质。正方形栽植和三角形栽植由于不便于通风透光和田间作业，现在生产上很少应用。

（二）等高栽植

适用于坡地和修筑有梯田或等高撩壕的梨园，是长方形栽植在坡地果园中的应用。这种栽植方式的特点是行距不等，而株距一致，且由于行向沿坡等高，便于修筑水平梯田或撩壕，有利于梨园水土保持。

（三）计划密植

将永久树和临时加密树按计划栽植，当梨园行间即将郁闭时，及时缩剪，直至间伐或移出临时加密树，以保证永久树的生长空间。这种栽植方式的优点是可提高单位面积产量和增加早期经济效益，但建园成本较高。计划密植要求从建园开始对于"两种树"必须采用差异管理，当"临时树"实现早结果目标后及时间伐。否则，难以达到计划密植的预期效果。

（四）带状栽植

一般栽植2～3行为1幅，呈带状形式。幅内距1.5～2米，幅间行距3～4米。该方式较单行栽植单位面积株数增加，早期产量较好，但往往随着树龄的增长，窄幅密植树幅内叶幕过厚，阳光难以透入树膛内部，影响产量，田间管理也不方便。一般用于地下水位高、采用台田栽植的地区。

（五）一穴多株栽植

在一个定植穴内栽植2株或3株梨苗。这种方式由于弥补了梨幼树生长缓慢、年枝量增加较少的缺点，对于早期丰产效果显著。但由于结果后很快造成树冠郁闭，而且由于各个单株都需拉开，对背上枝的控制费时费力，所以目前仅限于一些密植试验园采用。

四、栽植技术

（一）选用壮苗

砧木必须适宜当地的生态条件，砧木与品种具有良好的亲和力。苗木顺直、健壮，苗高应在 1.5 米以上，嫁接口直径应在 1 厘米以上，苗木成熟度好，侧芽发育饱满。根系发达，有 15 厘米以上的主根和 2～3 条侧根，须根较完整，侧根直径应在 0.4 厘米以上，无病虫害。根据国外成功的经验，如果有条件，提倡直接定植带有分枝的 2～3 年生的大梨苗，可明显缩短幼树生长期，达到早期丰产的目的。

（二）栽植前苗木处理

栽前应将苗木再次分级，优先选用根系完整、枝干充实、芽子饱满的苗木，然后按粗细、高矮进行分类，栽时将同类苗种植在一起，以便于管理。破伤根应剪出新茬，病虫根去掉，以利新根发生。如果苗木水分不足，应在栽植前将根系放入池水中浸泡一昼夜，使苗木吸足水分；然后，用 100 毫克/升生根粉溶液浸泡 1 小时，有利于生根和成活。

（三）栽植深度

苗木栽植的深度要适宜。栽植过深，下层温度低，通透性差，幼树萌芽晚，生长缓慢，容易出现活而不发的现象；栽植过浅，根系容易外露，固地性差，不耐旱，成活率低。栽植深度一般以苗木在苗圃时的土印与地面齐平为准。

（四）栽植方法

栽树时，先将栽植坑适当修整，低处填起，高处铲平，深度保持在 25 厘米左右，并将坑中间培成小丘状，栽植沟培成龟背形的小长垄。然后拉线核对定植点，以使树行栽正。栽树时，将苗木放于定植点上，使根系自然舒展，目测前后左右对齐，做到树端行直。根系周围用地面表土填埋，填土时轻轻提动苗木，使根系平展，一边填土，一边踏实。将剩余土壤填入坑内，并在树盘周围培埂，浇透水。待水下渗后，撒一层干土封穴，以减少水分蒸发。

（五）栽后管理

俗话说："三分栽树，七分管理。"加强栽后管理对于提高栽植成活率、缩短缓苗期、促进幼树健壮生长和保证幼树安全越冬均有重要的意义。

1. 定干

如果苗木较壮（高度在 1.5 米以上），拟采用纺锤形或圆柱形，可以栽后不定干。如果苗木较弱，拟采用小冠疏层或多主枝开心形，栽后立即定干。如果采用棚架形，可在 100～120 厘米处定干。剪口下应有一段饱满芽。

2. 刻芽

根据树形要求进行刻芽（在芽上方 0.5 厘米处刻伤，深达木质部）。如果苗木较壮，拟采用纺锤形或圆柱形，可将离地面 60～80 厘米以上的芽子全刻，以提高萌芽率，缓和幼树长势。但若苗木较弱，土质条件较差，切记不能全刻。如果拟采用小冠疏层或多主枝开心形，定干后可以根据需要只刻剪口下数芽。也可在芽上直接涂抹"抽枝宝"或"发枝素"代替刻芽。

3. 苗干套袋或包地膜

为防止苗干水分过度蒸发和金龟子、金毛虫、象鼻虫等害虫危害嫩枝芽，栽植或定干后立即用直径 8～10 厘米的塑料薄膜筒袋或报纸袋将苗干套住，下部扎紧或用土压严。随气温升高，将上袋口撕开或扎眼放风，以防袋内温度过高灼伤嫩芽幼叶，待害虫危害期已过，新梢长至 5～10 厘米，苗木开始展叶时，选择阴天或傍晚，将筒袋摘除。另一种方法是：用 2～3 厘米宽的地膜从上向下缠绕在苗干上，严密包扎，不露芽体，缠到地面时，用土堆压住下端。不采用套袋的梨园，定干后，用蜡、油漆、黄油或凡士林等涂抹在剪口上，防止水分蒸发。苗干上均匀涂抹动物油（猪油或羊油）2～3 遍。还可喷京-2B、纤维素等，保水促活。

4. 铺地膜

新栽幼树灌水后，待水渗下时，将地面整好，四周垫高，中间稍低，以便雨水流入根部。每树以树干为中心，铺 1 平方米地膜，将地膜中心捅一小孔，从树干套下，平展地铺在树盘上，树干中央培拳头大小土堆，四周缝隙处用土压严。株距在 2 米以下的密植园，可成行连株覆盖。铺地膜后，可起到明显的增温保湿作用，因而，可及早促进根系的生长和吸收。

5. 检查成活与补苗

苗木发芽展叶后，随时调查成活情况，发现地上部抽干的枝条，可剪至正常处，促其重新发枝。对已枯死的树，尽早用预备苗补齐。最好选择阴雨天，带土团移栽。

6. 其它管理

① 按整形要求及时去除树干上多余的萌蘖，一年进行 3～4 次，对于有利用价值的新梢可用牙签开张角度。

② 加强对生长季天幕毛虫、舟形毛虫、刺蛾、象鼻虫、金龟子、梨木虱、红蜘蛛、梨茎蜂、蚜虫、大青叶蝉、潜叶蛾、黑星病、黑斑病、褐斑病等病虫害的防治（参阅本书第七章）。

③ 栽植当年，应留出 2 米宽的树盘，每次灌水或降雨后及时中耕除草。

④ 6 月中旬施一次速效性氮肥，每株施尿素或磷酸二铵 100～150 克，7 月下旬以后，以追磷、钾肥为主，以促进枝条成熟，追肥后应及时浇水。

⑤ 全年可叶面喷肥 4～5 次，前期以喷施 0.3％尿素为主，后期（9～10 月份）以喷 0.3％～0.5％磷酸二氢钾为主。

7. 梨幼树安全越冬

在我国北方地区，梨苗栽植以后当年越冬时，翌年冬春交际期间枝干易失水发生的皱皮和干枯现象，俗称"抽条"。轻则一年生枝抽干，重则抽至多年生枝部位，严重时地面以上全部枯死。以 1～5 年生幼龄树尤为严重，受害程度随树龄增大而减轻。"抽条"的主要原因：一是由于幼树后期生长较旺，组织不充实，抗逆性较差；二是由于幼树根系分布浅，冬季多数根系处于冻土层中，不能吸收水分；三是树体水分从地上部枝条不断蒸发，因而，造成水分生理失衡，当超过一定限度，就会引起抽条。预防措施主要有以下四个方面。

（1）运用综合技术，促使枝条组织充实　春季应加强土肥水管理，促进生长，迅速扩大叶面积，使生长结果正常。秋季应控制土壤水分，增施磷钾肥，促使枝条及时停长成熟。梨园间作时，忌种后期需水多的作物。幼树秋季不能及时停止生长时，要及时打梢尖，必要时生长后期可以喷布生长抑制剂，促使新梢及时停止生长，增加树体贮藏营养量。

（2）加强枝干越冬保护　生长季加强病虫害防治，防止机械损伤，及时除治杂草，尤其要注意秋季防止浮尘子和蝉等在枝、干树皮上产卵。越冬前树干和大枝涂白。涂白剂配制方法是：取水 30 千克、生石灰 5 千克、硫黄渣 1 千克，动物油、植物油及食盐少量。配制时，先把生石灰倒入锅中，然后加少量水，使生石灰发热粉碎后，加入定量的水，再加入硫黄渣及动植物油和食盐等，搅拌成稀糊状，冷却后便可使用。

（3）缩短树盘土壤结冻期　土壤上冻前在幼树西北侧距树干 40～50 厘米处培 50 厘米高的半圆形月牙土埝。树盘冬季覆草或埋土，早春（1 月份）去除覆草，覆盖地膜，有利于土壤及早解冻，促进根系恢复吸水能力。

（4）埋土防寒或抑制枝干水分蒸发　新栽幼树可以压倒埋土防寒。将苗木向北卧倒培土。不能压倒的，树干及大枝涂 50 倍羧甲基纤维素或凡士林；浮沉子危害严重的幼树，也可以在大枝、干上包裹塑料薄膜。

第三章 梨园地下管理

梨园地下管理的主要内容包括土壤管理、施肥和灌水三个方面。无公害梨果生产要求土壤和灌溉水清洁，而且管理过程中不能对梨果或环境造成污染，这样对于施肥和灌溉就提出了更高的要求。采用适宜的土壤管理制度以及科学施肥方法，改变落后的灌溉方式，是当前我国梨园管理努力的方向。

第一节　土壤管理

土壤管理的基本目标是：在保证高产、稳产、优质的基础上，不断增加土壤有机质含量，改善土壤的理化性质，提高土壤的供肥能力。

梨树根系集中分布层随土壤类型、肥力水平、管理方法等有所不同。黏土地一般在地表下 15～35 厘米处，沙土地一般在 20～40 厘米处。通过采用合理的土壤管理措施，创造和扩大适宜根系生长范围是土壤管理最基本的目标和任务。梨园土壤管理具体方法有：深翻、耕翻、刨树盘、刨园、除草、土壤覆盖、生草、间作客土和改土等。

一、深翻

梨园土壤深翻可以改善土壤的理化性质，增加土壤孔隙度和有益微生物数量，显著增加根量（表3-1）。同时，土壤深翻还可以促使根系向纵深发展，减少土壤表层浮根，改变根系分布状况，提高抗旱能力（表3-2）。由表可见，深翻的梨园80％左右的根量分布在30厘米以下的土层中，根系向下伸展，扩大了吸收面，增强了抗旱能力。而对照56％以上的根量分布在表土层，由于浮根多、吸收面积小，抗旱能力较差。

表 3-1　苹果梨深翻改土效果

处　理	土壤孔隙度/％	土壤微生物/(个/克干土)	土壤年平均含水量/％	根系数量/个	
				新侧根	吸收根
深翻60厘米	52.90	36713	20.4	46275	64250
对照	39.63	16012	12.8	14465	10678

表 3-2　土壤深翻对鸭梨根系分布的影响

土壤深度/厘米	根量/％	
	深翻	对照
0～30	20.33	56.41
31～60	49.99	21.81
61～120	29.68	21.78

深翻一般多用于山地、丘陵地以及土层较薄、结构不良的梨园。多数梨园虽然在建园时就对栽植穴土壤进行了深翻改良，但改良的范围比较小，幼树生长2～3年后，根系就会生长到原来定植穴以外。因此，随着根系的逐年扩展，将根系集中分布层逐步改造成疏松肥沃的活土层，才能保证树体健壮发育，产量稳步提高。

（一）深翻时期

梨园土壤深翻，以秋季果实采收后结合秋施基肥一并进行最好。此时地上部生长基本停止，地下根系仍处在旺盛生长期，损伤根系容易愈合，对树体削弱作用较小。春季深翻会加重旱情，影响萌芽、开花、坐果和新梢生长，无灌溉条件的梨

48

园不宜进行。夏季深翻对树体削弱作用较大，一般不宜进行，但对于生长过旺、成花困难的梨树，采取夏季深翻，能够抑制生长，促进花芽形成。

（二）深翻方法

梨园土壤深翻方法很多，具体采用哪种方法应根据定植时挖坑形式决定。当初挖定植穴栽树的，应采用放树窝子的办法，进行深翻扩穴，即在原来定植穴外缘挖环状沟深翻。劳力不允许，也可分步实施，使定植穴逐年扩大，直到全园翻完为止（图 3-1）。栽树时挖定植沟的，应进行隔行深翻，即在原来的定植沟外缘挖条状沟深翻，每年只翻树行的一侧，来年再深翻树行的另一侧。直到与相邻树行深翻连接为止（图 3-2）。栽植株、行距较大的梨园，有机械化作业条件的可采用全园深翻的方法，即一次性将梨园深翻。但必须在幼树期尽早进行，否则树长大后，树盘难以翻到，而且伤根太多，会影响梨树生长和结果。

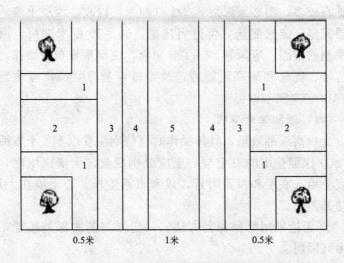

图 3-1　幼龄果园各年深翻部位
1～5—各年深翻位置

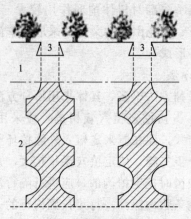

图 3-2　隔行深翻法

1—断面图；2—平面图；3—深翻沟

（三）深翻深度

应根据梨园下层土壤状况和以后采用的土壤管理制度等灵活确定。一般深度为 60～100 厘米。如果下层土壤坚实、黏重或砾石较多，则必须深翻 80～100 厘米，以改良深层土壤。若土层深厚、疏松肥沃，可适当浅翻，60～70 厘米即可。沿用清耕制的梨园，应深翻 80～100 厘米，使根系分布层加深，提高抗旱、抗寒和耐高温能力。改用覆盖制的梨园，可适当浅翻，40～60 厘米即可。

（四）深翻注意事项

为提高深翻效果，具体操作时应特别注意以下五个方面。

① 深翻挖出的表土与心土应分别堆放。土壤回填时，先将表土填入底层和根系附近，以利根系生长。心土填在上层，促使其熟化。

② 无论采用哪种深翻方法，一定要与前次深翻接茬，不留中间隔层。

③ 深翻时应尽量少伤根系，尤其是粗度在 1 厘米以上的根。如果损伤了粗根，应将断根伤口修剪平滑，以利愈合和促

发新根。

④ 结合深翻应施入大量有机物和农家肥，增加土壤有机质含量。先将秸秆、杂草、落叶或树枝等有机物压入深翻沟底层，并撒少量氮素化肥，以利有机物分解。将农家肥与表土混匀，填入深翻沟中部，以满足根系吸收利用。将剩余底土填在沟的上部，促使其熟化。

⑤ 深翻后应及时回填，避免根系久晒失水或受冻损伤。土壤回填后，及时灌水，使土壤与根系密接，加速伤根愈合，促进新根发生。同时，也有利于有机质腐烂分解。

二、耕翻

土壤耕翻一般可在秋季、春季和夏季进行。耕翻狭义指犁耕或机耕，广义则指梨园浅翻，还包括刨树盘、用锹翻地等。

（一）秋季耕翻

秋耕时间一般在梨果实采收后进行，生产上多配合施基肥一同进行。此时，根系处于生长高峰，断根愈合快，有利于新根形成，又可抑制秋梢生长，促进枝条成熟，防止冬季抽条。还可接纳大量雨水和雪水，满足梨树翌春生长的需要，并可铲除杂草，消灭地下越冬害虫。秋耕深度一般在 20～30 厘米左右，冬季雨雪稀少的地区，耕后及时耙平；雨雪多的地区或年份，耕后不耙，以促进水分蒸发，改善土壤水分的通气状况。在低湿盐碱地耕后不耙，可防止返碱。坡地耕翻应沿等高线进行。面积较大、有条件的梨园可以采用土壤旋耕机耕翻，以提高工作效率。无条件的小梨园，也可以采用铁锹翻压。山地、丘陵地梨园，多用镢头刨园。

（二）春季耕翻

深度较秋耕为浅，一般在 5～10 厘米。在将化冻时趁墒及时进行，可保蓄土壤水分。大面积平地梨园可进行机耕，耕后耙平，风多地区还需要镇压。有的地区翻后不耙，以防风蚀。

但春季风大少雨的地区以不耕为宜。据河北省赵县梨园试验，春耕较未春耕的梨树新梢生长量增长 137.5％，单株产量增加 176.4％，效果明显（表 3-3）。北方山区梨园可在化冻返浆期刨树盘或刨园，或用锹翻，深度 20～30 厘米。

表 3-3　春翻对雪花梨生长和结果的影响

处理	新　梢		产　量		花　芽	
	平均长度/厘米	增长/％	平均株产/千克	增长/％	花芽率/％	增长/％
春翻	36.14	137.5	76.2	176.4	22.6	116
对照	26.28	100	43.2	100	19.5	100

（三）夏季耕翻

多在伏天进行。此时杂草繁茂，土壤较松软，耕翻后可增加土壤有机质，提高土壤肥力，并加深土壤耕作层，促使根系向土壤深层生长，提高梨树的抗逆性。适宜在干旱缺水的山区、丘陵区梨园进行。

三、除草

杂草滋生对梨树生长发育影响较大。一方面，杂草容易与梨树争夺养分和水分，甚至有些杂草还能上树，影响梨树的通风透光；另一方面，杂草形成的小气候，助长了某些梨树病虫害的发生。梨园除草是常规土壤管理中费时、费力的一项工作。目前，除草方式主要有人工除草、机械除草和化学除草三种。

（一）人工或机械除草

重点在杂草出苗期和结籽前除治，一般每年进行 3～4 次。根据河北省赵县梨区的经验，中耕除草全年进行 4 次：第一次在 3 月中旬浇萌芽水后进行；第二次在落花浇水后进行；第三次在 5 月中旬浇水后进行；第四次在采收前 20 天进行。除掉的草可埋在树下，以增加土壤肥力。中耕深度以 6～10 厘米为宜，中耕后耙平。有条件的梨园可用旋耕犁进行中耕除草，效果好、速度快。许多梨园往往在进入雨季后杂草生长迅速，由于雨水过勤，土壤湿润无法耕锄，锄后又易复活，使草害迅速蔓延，甚至形成草荒。尤其是山地梨树，枝叶离梯壁较近，杂草极易上树造成草害。故应特别重视雨季杂草的控制。一般北方梨园，采用前期人工锄草与后期化学除草相结合的方法效果较好。雨季前人工锄草2次，麦收前混喷1次草甘膦＋阿特拉津。

（二）化学除草

为彻底除治杂草，提高管理效益，生产上可使用除草剂。化学除草省时、省力，经济上也比较合算。但有时由于施用技术掌握不好，也常常出现效果不佳或发生药害的情况。为此，在施用除草剂时应注意以下几点。

（1）选择适宜除草剂种类　许多除草剂都有选择性，选用不当会直接影响灭草效果，各地应针对梨园主要杂草种类选用。如百草枯（克芜踪）防除1～2年生杂草效果较好（对蟋蟀草、蓼草、稗草、苍耳、苋菜、灰菜、刺儿菜、鸡眼菜等效果最好），但对多年生杂草只能杀死地上部分；而茅草枯虽是防除深根性杂草的优良除草剂，但对某些1～2年生杂草防效较差；西玛津对禾本科杂草效果最佳，一般用于封闭土壤。从近年各地梨园使用除草剂情况看，草甘膦是较为理想的梨园除草剂，对梨园常见的100多种恶性杂草都有良好的防除效果，且使用得当梨树不易受药害。

（2）掌握适当施用次数　根据梨园杂草发生期的早晚，大致可分为春草（6月底以前）和热草（7月初以后）两大类，所以，喷布次数一般为1～2次。若春草和热草均危害严重，可于5月中下旬和7月中下旬各喷一次。由于北方多数梨园春季干旱，杂草危害较轻，也可在雨季到来前采用人工除草，7月份再采用化学除草。

（3）确定好施用时期　草甘膦是传导型灭生性茎叶处理剂，土壤处理无效。所以，只有在杂草具有较多叶片，能够附着足够药量时施药才能取得满意的效果。一般以杂草株高15厘米左右时用药效果最佳。

（4）施足药量　施药量会直接影响杀草效果。草甘膦一般用药量每亩（实喷面积）应达到1.5～2千克，兑水50千克。

（5）合理使用添加剂　适当加入助剂，可提高杂草对药液的吸收率，因而可大大增强灭草效果。常用的添加剂有：硫酸铵（增效剂）1.5千克/亩，洗衣粉（展着剂）0.15千克/亩或柴油（浸透剂）0.2千克/亩。

（6）严把施用技术关　喷杂草时一定要做到均匀周到，喷布时间以杂草上无露水为宜。喷前注意天气预报，喷后12小时不能遇雨，否则需重喷。草甘膦对梨树也有不良影响，若喷到树上会在当年出现死枝、死树或在翌年表现（叶片呈柳叶状）。因此，喷药要求做到以下三点：一是有大风的天气不能喷；二是尽量不使用机动式喷雾器，而改用背负式喷雾器；三是喷雾器喷头处安装一个塑料罩，以确保做到定向喷雾。

（7）提高配药质量　应用水质较好的清水配药，浑浊水配药会降低药效。低温时，除草剂原液常有结晶析出，故用药前应充分摇动容器，使结晶充分溶解，以保证药效。喷药后，喷药器械一定要洗刷干净，以备再用。

四、土壤覆盖

我国北方降雨量少，大多数梨园没有灌溉条件或灌溉水源严重不足。在这些地区，采用节水旱作措施就显得十分必要。而在梨树的节水旱作方法中，最为有效的就是地膜覆盖或树盘覆草。此外，土壤覆盖对于提高地温、减少病虫害、提高果实品质也有一定的作用。

（一）覆盖时期

全园长期覆盖在一年四季均可进行。北方梨园覆盖一般以在春季干旱、风大的 3～4 月开始为好。覆草一般在 5 月上旬以后，低温已明显回升时进行。短期覆盖则可根据覆盖目的择机进行。如幼树定植后及时覆盖保水增温，果实着色期铺设反光膜以提高品质等。

（二）覆盖方法

根据梨园土壤覆盖面积，可分为全园覆盖、树盘覆盖和行间覆盖三种，但覆盖方法基本相同。以覆草为例，覆盖前先将覆盖区域深翻或深锄一遍，施入适量氮肥（一般成年树每株施 0.5～1 千克尿素），以满足微生物增殖对氮素的需求。有灌水条件的梨园，应先浇水后覆盖。覆盖厚度以 15～20 厘米为宜，初次覆盖每亩覆草 3000 千克左右，以后根据覆草腐烂情况，每年再添补 600～800 千克。树盘覆盖时，树干周围（距树干 30 厘米以内）不宜盖草，以防土壤湿度过大而对根颈造成危害。在覆盖的草被上，零星点撒少量细土，以防火灾或被大风吹走。

（三）注意事项

梨园覆盖应保持连续性，否则，突然去掉覆盖物后根系不适应，会使表层根遭到破坏。但覆盖期也不应过长，经 3～5 年后需耕翻一次，防止根系上浮，并于当年再行覆盖。此外，黏土、低洼地不宜覆盖。覆盖后也不能灌大水，并注意雨季排水。

五、生草

生草是目前比较先进的梨园土壤管理制度，在有条件的地区应大力推广。然而，我国不同梨产区立地条件、气候条件和生产条件差异巨大，所以，具体梨园生草种类、种植时期和方法以及生草管理技术有很大的不同。

（一）草种选择

应选择适合当地自然生态条件和生产水平的草种。一般梨园生草对草种的要求是：草棵低矮，生物产量大，覆盖率高；草种与梨树没有共同病虫害；草的根系应以须根为主，地面覆盖时间长，旺盛生长时间短，这样可以减少草与梨树争夺水分和养分的时间；还应具备耐阴、耐践踏的特性。根据近年的实践，适宜北方地区梨园种植的草种有：紫花苜蓿、三叶草、黑麦草、羊茅草、草木樨、苕子、田菁、百脉根、肥田萝卜等。

（二）播种时期及播种量

春季到秋季均可播种。多年生草种，最好在早春或早秋播种，这样可以在杂草开始迅速生长前或基本停止生长后，播种的草能够顺利萌芽，迅速覆盖地面，形成群落优势。但不同草种或不同地区播种的具体时间有所不同。比如在河北省保定市，白三叶草可在3月中旬或8月中下旬播种；紫花苜蓿最好在3月中旬播种，8月份以后播种不易越冬；一年生黑麦草，可在夏季5月份播种，而多年生黑麦草，则可在早春3月中旬或在秋季8月底至9月上旬播种。不同草种播种量及播种深度可参见表3-4。

（三）播种方式和方法

播种方式可分为单播或混播。混播对增加鲜草产量具有明显的效果。据山东省费县果业管理局连续3年试验，白三叶草与黑麦草混播处理园片土壤有机质含量、平均单果重和平均产量均高于单播（表3-5）。

播种前，应根据梨园行间空间大小和播种机械规格，确定适宜播种宽度，并修好地埂、整平土地，适当施用有机肥，充分浇水，然后翻耕、耙平。如果播种小粒种子，最好在播种前镇压，以防播种过深。对于大粒种子，则可直接播种。播种方法可根据草种及梨园行间状况，采用条播或撒播。播种完成后，

表 3-4 不同草种适宜播种量及播种深度

类别	草 种	播种量/(千克/亩)		种子覆土深度/厘米		
		撒播	宽行条播	轻质土	中黏土	重质土
禾本科	鸭茅(鸡脚草)	1～1.25	0.75～1	2	1.5	1
	多年生黑麦草	0.75～1	0.35～0.6	3	2	1
	意大利黑麦草	0.75～1	0.35～0.6	3	2	1
豆科	紫花苜蓿	1	0.5	2	1.5	1
	红三叶	1	0.5	2	1	1
	白三叶	0.5～0.75	0.25～0.5	1	0.5	0.5
	杂三叶	1～1.5	0.5～0.75	2	1	1
	百脉根	0.75～1	0.35～0.5	1	0.5	0.5
	普通苕子(春箭筈豌豆)	5	2～3		6	4
	毛叶苕子(冬箭筈豌豆)	6	1.5～2.5	5	4	3
	紫云英	1.5～2.5	1～1.5	5	3	2

表 3-5　不同生草模式对梨园土壤有机质及产量的影响

处 理	土壤有机质		平均单果重		平均株产	
	含量/%	比较/%	重量/克	比较/%	产量/千克	比较/%
黑麦草	0.68	151.1	256	117.8	22.8	113.4
白三叶草	0.71	157.8	278	123.6	23.9	118.8
白三叶草＋黑麦草	0.82	182.2	291	129.3	24.1	119.9
毛叶苕子	0.56	124.4	245	108.9	21.6	107.5
清耕	0.45	100	225	100	20.1	100

对于一些出苗期需要保持适宜湿度的草种,最好立即覆盖地膜,以便增温保湿。

(四) 管理及刈割

出苗后,应根据膜下温度变化(注意:温度不能超过35℃),及时支膜和揭膜。幼苗期应加强杂草防治,最好根据草种特性及杂草主要种类使用选择性除草剂。若用非选择性除草剂(如草甘膦),在杂草不多时,可采用点、片方式直接喷布杂草。此外，鲜草生长期应及时施肥和灌水，促其旺盛生长。当草长至 30 厘米以上时，就可以考虑刈割，留茬 15～20 厘米，将割下的草留在行间或用作树盘覆盖。

（五）生草注意事项

生草后，为了减轻杂草与梨树争夺养分和水分的矛盾，应该对草进行追肥和浇水，达到以小肥换大肥、以无机肥换有机肥的效果。连续生草 5～7 年后，草逐渐老化，表层土壤也已板结，此时应及时耕翻，待休闲 1～2 年后，再重新种草。此外，值得指出的是：生草后，可能诱使某些虫害（如绿盲蝽蟓）加重，所以，必须加强对草上栖息害虫的防治。

六、间作

在我国，幼龄梨园实行间作比较普遍。由于梨树寿命很长，现在北方梨区仍有一些几十年、甚至百年以上梨园，结果累累。但由于这些梨园株行距较大，加上当地的传统习惯，有的仍然进行间作。合理间作、科学管理是对梨园间作的基本要求。

（一）适宜的间作物选择

应选择矮秆或匍匐生长的作物，根系分布浅，不能对梨树产生不利影响，与梨树没有共同的危险病虫害，管理上与梨树矛盾较小。适宜梨园间作的作物有：①农作物类，大豆、绿豆、豌豆、地瓜、花生、芝麻、小麦等；②瓜菜类，西瓜、冬瓜、甜瓜、油菜、菠菜、大葱、大蒜、生姜、萝卜等；③药材及果树类，白菊、甘草、沙参、党参、丹参、地黄、红花、草莓等。一般山区、丘陵区土质瘠薄的梨园，可间作耐旱、耐瘠薄、适应性强的作物，如谷子、绿肥作物、豆类、薯类等；沙滩、海滩地梨园，可间作花生、薯类、白豇豆等；在平地梨园，一般土层较厚、土质肥沃、肥水条件较好，可适当间作蔬菜类和药类植物。

（二）种植方式

梨苗定植后的 1～2 年内最少要给梨树留出 1 米宽的树盘（畦），畦面保持土壤疏松无杂草状态。在畦埂以外的地方种植作物，并随着树龄增大扩大树盘，间作面积逐渐缩小。对于生产上现存的一些老龄梨园（树龄在 100～200 年以上），有些园片株行距达到 8～10 米，株、行间仍有较大空间的，可视实际情况进行间作。

（三）间作物的管理

实行多年连续间作时，要避免长期连作，以免造成土壤营养元素失调，宜实行轮作和换茬。另外，对于间作物，必须根据其特点，加强土肥水管理，尽量缓和或减少间作物与梨树营养的竞争。此外，注意不能间作生长季后期需水量大的作物（如秋白菜、棉花等），或在生长后期注意适当控水，以免对梨树越冬造成不利影响。

七、客土和改土

我国一些梨园土壤结构不良的问题比较突出。对于土质沙性过大或过于黏重的土壤，均应进行改良。沙土地可以用土压沙或起沙换土，改善土壤的理化性质，提高土壤肥力。具体做法是：在树冠外围垂直向下挖深 60～80 厘米、宽 40～50 厘米，将沙取出，填实好土，及时浇水。随着树冠扩大，逐渐向外扩展，一般 2～3 年换一次土。在风沙流失严重的梨园，冬春在树下压盖一层好土，每次厚度大约 10 厘米。以后结合施肥、翻刨，把黏土混入沙中。同样，黏土地可掺沙或炉灰，提高土壤通透性。山地梨园附近有云母片麻岩风化的黑酥石，可于冬季运入梨园压在地表，每次每亩用量 25000 千克。这种酥石富含钾、镁、铁等元素，既增厚了土层，又增加了营养，具有"以土代肥"的作用。

第二节 施 肥

生产实践表明：梨果高产、稳产和优质与土壤有机质含量以及营养元素相互平衡状态直接相关。一般优质丰产梨园土壤有机质含量应在2%以上，但目前我国绝大多数梨园土壤有机质含量不到1%。所以，改变土壤管理模式，广辟肥源，建立良好的土壤有机质循环机制，增加土壤有机质投入是彻底改变我国梨果生产落后面貌的关键。此外，在许多梨园，劣质肥料已经成为不可忽视的污染源。因此，梨果无公害生产要求：精心选择肥料种类，科学施用，避免造成对环境和果实的污染。

一、施肥量

目前，我国梨生产上施肥量确定还比较盲目，一般多根据生产经验和田间肥料试验来确定，而且主要考虑"三要素"的施用，对于元素间的平衡关系关心很少。从未来发展趋势看，应在营养诊断指导下确定所需肥料种类和数量，然后通过配方施肥来解决。

（一）施肥量确定

1. 利用养分平衡法计算追肥量

从理论上讲，用梨树在一年中的养分吸收量减去养分的天然供给量，再除以肥料利用率，即可得出这一年里所需要的施肥量。养分平衡法是建立在对土壤养分状况充分了解基础上的一种确定追肥量的方法。计算公式如下：

$$追肥量 = \frac{目标产量 \times 单位产量养分吸收量 - 土壤养分供应量}{所施肥料中的养分含量 \times 肥料当季利用率}$$

参数的确定：目标产量可根据梨园植株的整齐度、生长势、历年的产量情况及要达到的质量指标确定。单位产量养分吸收量，可参考表 3-6 确定。土壤养分供应量是土壤提供的有效养分和当年施入的有机肥所能提供的养分量之和。可以表示为：

土壤养分供应量＝土壤养分测定值×利用系数×0.15＋
　　　　　当年施入的有机肥量×有效养分含量×
　　　　　当季利用率

　　式中，0.15 为换算成每亩每千克的系数；有机肥料养分含量、土壤养分利用系数、肥料含量和利用率均可从相关书籍或当地土肥站查询。

表 3-6　梨果单位产量养分吸收量

品　　种	每 100 千克梨果的需肥量/千克			氮、磷、钾比例	材料来源
	氮	五氧化二磷	氧化钾		
二十世纪	0.47	0.23	0.48	2∶1∶3	日本
秋白梨	0.5～0.6	—	—	2∶1∶2	中国
苹果梨	0.35	0.175	0.175	2∶1∶1	吉林延边
茌梨	0.225	0.1	0.225	10∶(5～7)∶10	山东
鸭梨	0.3～0.5	0.15～0.2	0.3～0.45	2∶1∶2	河北昌黎

　　例如，有一潮土地（在地下水位较高的近代河流冲积物上，经长期耕作影响形成的土壤）梨园，测得土壤碱解氮（N）＝80 毫克/千克，有效磷（P_2O_5）＝23 毫克/千克，速效钾（K_2O）＝90 毫克/千克。本例中，潮土养分利用系数 N 为 0.40，P 为 0.50，K 为 0.45。化肥利用率：N、P_2O_5、K_2O 分别为 30%、20% 和 45%。每亩施厩肥 3000 千克，其 N、P_2O_5、K_2O 含量分别为 0.5%、0.2% 和 0.5%，厩肥中 N、P_2O_5、K_2O 养分当季利用率分别为 25%、35% 和 40%。当梨园目标产量为每亩达到 3000 千克时，每亩应施 N、P_2O_5、K_2O 各多少？若以尿素（含 N 量为 46%）、过磷酸钙（P_2O_5 含量为 14%）、硫酸钾（K_2O 含量为 52%）为肥源，应各施多少？

此园追肥量可分以下三步计算。

① 按每生产 100 千克梨果需氮 0.45 千克、磷 0.2 千克、钾 0.45 千克计算，实现目标产量 3000 千克所需总养分量：氮 13.5 千克、磷 6 千克、钾 13.5 千克。

② 每亩应追施养分量

$$氮含量 = \frac{13.5 - 80 \times 0.15 \times 0.4 - 3000 \times 0.5\% \times 25\%}{30\%} = 16.5 \text{ 千克}$$

$$磷含量 = \frac{6 - 23 \times 0.15 \times 0.5 - 3000 \times 0.2\% \times 35\%}{20\%} = 10.88 \text{ 千克}$$

$$钾含量 = \frac{13.5 - 90 \times 0.15 \times 0.45 - 3000 \times 0.5\% \times 40\%}{45\%} = 3.17 \text{ 千克}$$

③ 折合追施化肥量

尿素：$16.5 \div 46\% = 35.9$ 千克

过磷酸钙：$10.88 \div 14\% = 77.7$ 千克

硫酸钾：$3.17 \div 52\% = 6.1$ 千克

2. 根据产量确定施肥量

日本细井等对产量为 2500 千克/亩的 18 年生二十世纪梨的研究表明：每生产 100 千克果实所需的各种肥料要素的吸收量（以纯量计算）：氮 0.47 千克、磷 0.23 千克、钾 0.48 千克、钙 0.44 千克、镁 0.13 千克。氮磷钾比例为 2：1：2。目前，我国梨生产上为方便起见，通常根据单位面积的产量来确定施肥量。一般每生产 1000 千克梨果，全年应施纯氮 3.0～4.5 千克，磷 1.5～2.0 千克，钾 3.0～4.5 千克，三者相对比例为 2：1：2。此外，对进入盛果期的树，一般每年每亩施有机肥 2500～5000 千克，或者每产 1000 千克果施有机肥 1000 千克。通过如下方法计算出每亩的用肥量，再乘以梨园的总面积，即可得到全园的年施肥量。

$$施氮量 = \frac{(亩产量 \div 1000) \times (3.0～4.5)}{化肥的含氮量}$$

$$施磷量 = \frac{(亩产量 \div 1000) \times (1.5 \sim 2.0)}{化肥的含五氧化二磷量}$$

$$施钾量 = \frac{(亩产量 \div 1000) \times (3.0 \sim 4.5)}{化肥的含氧化钾量}$$

$$施有机肥量 = \frac{亩产量}{1000} \times 1000$$

（二）施肥试验

施肥试验是指选择有代表性的梨园，进行施肥量比较试验，从而提出当地梨园施肥量标准。梨树需肥量受土壤、树龄、管理等诸多因素的影响，要得出一个较合理的施肥量，一般试验需要进行 10 年以上。我国北方梨产区，通过多年施肥试验，曾提出了一些有价值的施肥量参考指标。例如，鸭梨、秋白梨等密植园的施肥量，在一般地力水平下，每生产 100 千克梨果，应年施入纯氮 0.5～0.6 千克、纯钾 0.25～0.3 千克、纯磷 0.5～0.6 千克（指有机肥和化肥的总纯含量）。山东果树研究所对每亩产 5000 千克初盛果期鸭梨估算，每年每亩吸收量为 8.24 千克，以氮肥利用率 35%～40% 推算，每亩产 5000千克鸭梨年需施纯氮 20.5～23.5 千克。在保肥力较好的梨园进行了 7 年的试验，结果证实：盛果期鸭梨经济适宜施肥量是22 千克/亩。河北昌黎果树研究所 20 世纪 50～60 年代在晋县河头村平地沙壤土鸭梨试验田进行丰产施肥研究，连续 17 年平均产量都在 7500 千克/亩左右，5 年间平均株产 572.25 千克。每株平均实际施肥量为：氮 6.325 千克，磷 4.125 千克，钾 5.16 千克。据孙士宗试验，在缺磷富钾的滨海潮土地区，梨树用肥最佳配方为高磷、中氮、低钾，其比例为 5：52：3，有效成分为氮 20%、磷 28%、钾 12%。

（三）营养诊断与平衡施肥

根据梨树营养诊断结果，判断土壤及树体营养盈亏，依据养分平衡原理，确定施肥种类及数量是梨园科学施肥的发展方向。目前，在世界一些发达国家，以叶分析、果实分析和土壤分析为主要手段的营养诊断方法已在生产上广泛应用。近年，在我国梨区的一些初步试验也取得了良好的效果，平衡肥可以有效地提高果实可溶性固形物含量，增加含糖量和糖酸比，且增产效果显著（表3-7）。

表 3-7　施肥种类对鸭梨果实品质的影响

地点	处理	单果重 /克	硬度 /（千克/厘米²）	可溶性 固形物/%	可滴定酸 /%	总糖 /%	糖酸比
辛集	对照	183.3	8.61	12.13	0.18	6.44	35.78
	氮磷钾肥	211.5	8.52	13.97	0.17	7.27	42.76
	梨平衡肥	223.0	8.39	15.10	0.17	7.47	43.94
泊头	对照	187.8	7.39	12.52	0.20	6.68	33.40
	氮磷钾肥	208.0	7.38	13.24	0.17	6.78	37.67
	梨平衡肥	215.5	7.40	13.65	0.16	6.94	43.38
曲阳	对照	221.8	7.37	11.97	0.20	6.17	30.85
	氮磷钾肥	250.5	8.26	12.41	0.17	7.11	41.82
	梨平衡肥	247.0	7.99	12.91	0.16	7.17	44.81

注：河北农业大学，1999。

河北农业大学梨课题组通过在河北省中南部沙地梨区的多年研究，以营养诊断为基础，提出优质丰产（产量3000千克/亩）盛果期鸭梨有机肥及氮、磷、钾、硼、锌的施用方案：每亩年施有机肥 4000～6000 千克，纯氮（N）12～15 千克，磷（P_2O_5）6～8 千克，钾（K_2O）13～16 千克，配合施用适量的微量元素（表3-8）。

表 3-8　盛果期鸭梨产量3000千克/亩梨园施肥方案

施肥时期	有机肥 /（千克/亩）	N /（千克/亩）	P_2O_5 /（千克/亩）	K_2O /（千克/亩）	B /（千克/亩）	Zn /（千克/亩）
萌芽前	—	4～5	6～8	5～7	4.5	6
果实膨大期	—	4～5	—	8～9		
采收后	4000～6000	4～5	—			
全年合计	4000～6000	12～15	6～8	13～16	4.5	6

在目前尚无条件开展配方施肥的梨园，应根据各自品种、树龄、立地条件、产量等特点，推广使用果树系列专用复合肥。不仅可以补充土壤中的微量元素，而且肥效持久，肥料利用率可以明显提高。有条件的梨园，还可以使用生物有机复合肥。这种由有机肥、无机肥、菌肥和增效剂复合而成的"四合一"肥料，综合了化肥"速"、有机肥"稳"、菌肥"促"的优势，可使养分利用率提高到50％。山西农业大学资源与环境学院对8年生砀山酥梨施用微生物肥料试验结果表明：合理施用微生物肥料可以提高产量，增加果实含糖量、糖酸比和维生素C含量。在试验条件下微生物肥料的最佳施用量为1千克/株。

二、施肥时期

施肥时期应根据梨树需肥规律、树体营养状况、肥料性质、土壤肥力和气候条件而定，尽量做到适时施肥。生产上施肥一般分基肥和追肥两种。

（一）基肥

基肥是在较长时期内能供给梨树生长发育所需养分的基础肥料，必须保证每年施用一次。生产上提倡适当早施基肥（8月末至9月底）。优点是：①有利于树体贮藏养分积累；②有机肥当年即可发挥肥效（一般从施入到开始发挥肥效需20～30天）；③此时正值根系秋季生长高峰，吸收力强，断根易愈合。

基肥应以优质农家肥（畜禽肥、人粪尿、堆沤肥、绿肥、饼肥等）为主（表3-9），再适当配以少量速效性氮素化肥，以利土壤微生物活动，加速有机质分解。试验表明，如果把过磷酸钙、骨粉等与有机肥料混合施用，肥料利用率可提高50％以上。

表 3-9　基肥的种类及有效成分含量

种　类	有效成分/%			
	有机质	氮	磷	钾
人粪尿：				
人粪	20.0	1.00	0.50	0.37
人尿	3.0	0.50	0.13	0.19
厩肥：				
猪厩肥	11.5	0.45	0.19	0.60
马厩肥	19.0	0.58	0.28	0.63
牛厩肥	11.0	0.45	0.23	0.50
羊厩肥	28.0	0.83	0.23	0.63
鸡粪	25.5	1.63	1.54	0.85
堆肥：				
青草堆肥	28.2	0.25	0.19	0.45
麦秸堆肥	81.1	0.18	0.29	0.52
玉米秸堆肥	80.5	0.12	0.16	0.84
稻秸堆肥	78.6	0.92	0.29	1.74
绿肥：				
苜蓿	—	0.56	0.18	0.31
毛叶苕子	—	0.56	0.13	0.43
草木樨	—	0.52	0.40	0.19
田菁	—	0.52	0.70	0.17
饼肥：				
大豆饼	78.4	7.00	1.32	2.13
棉籽饼	82.8	2.80	1.45	1.09
花生饼	85.6	6.40	1.25	1.50
菜子饼	83.0	4.60	2.48	1.40

　　在无公害梨生产中，禁止使用下列肥料：未经无害化处理的城市垃圾和含有金属、橡胶及有害物质的垃圾；硝态氮肥和未腐熟的人粪尿；未获登记的肥料产品。

　　在目前有机肥源缺乏的状况下，枝条和落叶还田是增加梨园土壤有机质的有效途径之一（表 3-10）。据测定，每 100 千克干梨叶中含氮 2.24 千克、五氧化二磷 0.41 千克、氧化钾 0.54 千克，并含有大量的有机质。因此，各地梨园应尽量做到枝叶还田，及时补充梨园土壤肥力和有机质的损耗。

表 3-10　施用梨树落叶的效果

处理	土壤有机质含量/%	水解氮/×10⁶	速效磷/×10⁶	速效钾/×10⁶	土壤容重比较/%	含水量比较/%	花芽分化/%	平均单果重/克	土壤孔隙度比较/%
施梨叶	0.61	29.1	4.8	18.8	139.5	108.4	54	256	114
对照	0.45	18.7	4.0	14.5	100	100	39	210	100

（二）追肥

追肥是调节梨树生长与结果的重要手段之一。在施基肥的基础上，根据梨树各物候期需肥特点和树体营养状况及时补充肥料，缓解养分供需矛盾。追肥时间与次数应根据气候、土壤、树龄、树势和结果量等具体情况而定。一般高温多雨或沙质土，肥料容易流失，追肥应少量多次；幼树、旺树追肥次数宜少；结果多、长势弱的树追肥次数应适当增加。为增强树势和提高坐果率，应侧重春季和秋季追肥；为促进花芽形成，应重视花芽分化前追肥；为促进枝条生长，迅速扩大树冠，应着重在新梢生长前和旺盛生长期追肥。早、中熟品种以前期追肥为主；晚熟品种则以中后期追肥为主。追肥的次数和数量要结合基肥用量、树势、花量、果实负载情况综合考虑，如基肥充足、树势强壮，追肥次数和用量均可相应减少。根据追肥部位，可分为土壤追肥和根外追肥（叶面喷肥）两种。

1. 土壤追肥

一般梨园每年土壤追肥有以下三个时期，每个时期的目的及追肥量有所不同。

（1）萌芽前后追肥　一般在 3 月下旬至 4 月上旬，这次追肥能促进萌芽和开花，提高坐果率，有利于新梢生长。肥料种类以速效性氮肥为主，占全年用量的 30% 左右。

（2）花芽分化期追肥（疏果结束至套袋完成）　在 5 月中旬至 6 月中旬，早熟品种应稍早，晚熟品种可略晚，氮、磷、钾配合，施氮量占全年用量的 40% 左右，施钾量占 50%～60%，磷用全年用量（如果基肥未施用磷肥）。

（3）果实膨大期追肥　一般在 7 月末施用，氮、钾肥配合。为了提高果实风味，采收前 1.5～2 个月内避免偏施氮肥。

2. 叶面喷肥

可在叶片生长 25 天以后至采收前施用，可以单独喷布，也可结合防治病虫害一并进行。喷肥种类则依据梨树不同时期对营养的需求规律以及树体缺素状况而定。

三、施肥方法

梨园施肥方法主要有土壤施肥、根外追肥和树干注射三种。

（一）土壤施肥

将固体或液体肥料直接施在根系集中分布的土壤中，具体方式有以下 8 种。常用的见图 3-3。

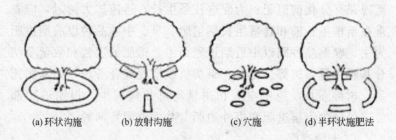

(a)环状沟施　　(b)放射沟施　　(c)穴施　　(d)半环状施肥法

图 3-3　梨树常用的施肥方法

1. 环状沟施

在树冠外缘挖宽 40 厘米、深 50 厘米左右的环状沟，施入有机肥料并与土拌匀，然后填土、踏实、灌透水、封沟。

半环状施肥与环状施肥类同，只是将环中断为 3～4 个猪槽式施肥沟，又称猪槽式施肥。此法较环状施肥伤根少，隔次更换施肥位置，又可扩大施肥部位。平均、坡地均适用，是山地、丘陵梨园常用的施肥方法。斜坡地施肥沟应挖在梨树的上方和两侧。

2. 条状沟施

在树冠垂直投影的外缘，行间或株间相对两侧各挖一条深60~80厘米、宽40~50厘米的施肥沟，沟长应超过冠径。每年要变换开沟的位置，即上年东西向开沟，下年南北向开沟。密植梨园采用此法施肥，应顺行开挖通沟，逐年向外扩展，直到与相邻树行施肥沟连接为止。还有一种方法是用深耕犁开沟施肥，即在主干1米以外的行间，每隔40~60厘米，用深耕犁开沟一条，施入肥料。次年则于今年两沟间犁沟施肥。

3. 放射沟施

在距树干1米以外，挖4~6条深30~50厘米的放射状沟，沟长超过树冠外缘，长短相间、里浅外深，与表土混合施入肥料。

4. 全园撒施

把肥料均匀撒开，然后翻耕20厘米左右。距树干50~100厘米（视树冠大小而定）范围内可以不撒肥料，其它地方要均匀撒到。此法施肥面积大、伤根少，适用于根系布满全园的密植园或成龄园。但因施肥深度较浅，容易引导根系上移，降低梨树抗逆性。因此，最好与放射沟或条状沟施肥法交叉使用。

5. 穴施

在树盘的中、外部，挖宽、深各25厘米左右的小穴10~15个，内外交叉呈三角形排列，将肥料均匀施入各穴，及时覆土填平。此法幼树或大树都可应用，树冠较大时，应适当增加施肥穴，以扩大施肥范围，充分满足根系吸收的需要。

6. 施肥枪法

将所需追施肥料配成液体，直通农药喷雾泵，把施肥枪与农药泵用橡胶管连接起来。将枪头插入适宜深度的土壤中，并根据树体大小、树势、根系分布、结果量控制施肥点的数量、深度和施肥量。此法尤其适宜山地、丘陵地以及采用生草制的梨园。

7. 地膜覆盖穴贮肥水

以树干为中心，均匀挖 6～8 个直径 25 厘米、深 40 厘米左右的穴，每穴内直立埋上直径 20～30 厘米、长 30 厘米的草把 1 个，草把上端比地面低约 10 厘米。在草把四周掺上部分有机肥和氮磷肥，随即浇水 4 千克左右，然后覆膜，穴上面留一浇水孔，用石块压上，以利保墒和积水（图 3-4）。对于密植梨园，也可顺行平行设两排肥穴，每隔 1 米左右挖 1 个。此法适宜瘠薄干旱的山地梨园采用。

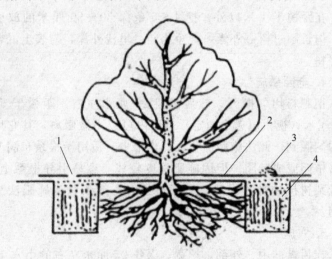

图 3-4 穴贮肥水方法
1—浇水孔；2—地膜；3—土堆；4—穴肥

穴贮肥水使以往施肥方法盲目的"根找肥"转变为定向的

70

"肥找根"，因而大大提高了肥料的吸收效率。贮肥穴内的草把能起到肥水载体的作用，同时又有利于保持土壤疏松和通气状况良好。草把腐烂后又为土壤增加了有机质。在这样的环境中，可形成大量吸收功能强大的网状根。

8. 液体施肥

利用喷灌、滴灌、渗灌系统或渠水，将肥料随水输送到土壤中。施肥时，先将肥料用少量水溶解，然后均匀掺入灌溉水中，一定要控制好肥料浓度。此法供肥及时，肥料在土壤中分布均匀，利用率高，不伤根系，不破坏土壤结构，操作简单易行、节省劳力。

（二）根外追肥

根外追肥可分为萌芽前枝条喷肥（或枝干涂抹）和生长季叶面喷肥，在解决急需养分需求方面最为有效。如在花期和幼果期喷施氮可提高坐果率，在果实着色期喷施过磷酸钙可促进着色；在成花期喷施磷酸二氢钾可促进花芽分化等。叶面喷肥在防止缺素症方面有较明显的效果，特别是硼、镁、锌、铜、锰等元素的叶面喷肥效果最明显。

1. 叶面喷肥

叶面喷肥种类很多，可以根据梨树不同物候期对养分的需求以及不同梨园养分亏缺的状况选用（表3-11）。叶面喷肥一般每年进行3～5次。既可单喷，又可结合防治病虫害与农药混喷。喷肥时应避免阴雨、低温或高温暴晒。喷肥时间以上午10时以前和下午4时以后为宜。中午前后气温较高、水分蒸发快，容易造成肥液浓缩，影响叶片吸收，甚至产生肥害。喷肥要周到、细致、均匀，尤其是吸收能力强的叶片背面和新梢上半部都要喷到，以提高肥料吸收利用率。如果肥料与农药或生长调节剂混合喷布时，首先要了解是否可以混喷，因为有些药剂与肥料混合后会降低药效。配兑时，应按药品和肥料的使用说明进行，不可盲目混用。此外，还应特别注意：叶面喷肥只是梨树施肥的辅助性措施，不能代替土壤施肥。

表 3-11　梨树常用叶面喷肥种类、时期及浓度

肥料种类	使用浓度/%	使用时期
硫酸锌	0.5＋0.5生石灰	萌芽期
尿素	0.3～0.5	全生长季
硼砂	0.3～0.5	盛花期、幼果期
硼酸	0.1～0.3	盛花期
腐熟人尿	10～15	花期
氯化钙	0.5～1	幼果至成熟期
硝酸钙	0.5～1	幼果至成熟期
过磷酸钙	2～3	果实发育期
硫酸亚铁	0.3～0.5	新梢旺长期
光合微肥	0.1	幼果发育前期
硝酸稀土	0.1	展叶至幼果期
柠檬酸铁	0.1	新梢旺长期
磷酸二铵	0.5～1	果实中、后期
硫酸钾	0.5～1	果实中、后期
硝酸钾	0.5～1	果实中、后期
草木灰浸出液	2～4	果实中、后期
磷酸二氢钾	0.3～0.5	果实发育期
氯化钾	0.5～1	果实中、后期

2. 萌芽前枝干喷肥（涂抹）

梨树的枝干也有吸收肥水的能力。对于贮存营养严重不足或缺素症严重的园片，可于春季萌芽前用较高浓度的肥液喷洒（或涂抹）枝干。实践证明：梨树萌芽前主干涂抹氨基酸涂抹宝原液、全树喷洒 2%～3% 尿素溶液可使梨树萌芽、开花整齐，促进短枝发育，显著提高坐果率，喷 1%～2% 的硫酸锌溶液可提高树体的含锌量，喷 3%～4% 的硫酸锌溶液对于矫正小叶病效果显著。

（三）树干强力注射或滴注施肥

树干强力注射或滴注施肥是利用机械产生的高压将梨树所

需要的营养元素从树干或主枝压入树体内部，或靠自然压力滴注进入树体。高压注射或自然滴注是通过新生木质部将药液迅速压（滴）入树冠及根系各个部位。主要优点是：①操作简便，短时间内可以完成；②肥效快，持续期长，肥料可迅速、均匀分布到树体各个部位；③将肥料直接注入树体，不需通过土壤，大大提高了肥料利用率；④用肥量少，成本低；⑤避免了施肥对环境（土壤、空气、灌溉水）的污染。

1. 树干强力注射

在距地面50厘米处树干上打孔，选与三主枝相对部位打三个孔，孔深3厘米，拧入专用螺旋固定头，然后将皮管与注射机连接起来。注射机压力应选择在1.27兆帕（13千克力/厘米^2）以上。配制溶液时要采用软水，注射量随树龄、树势不同而有差异，树干直径在7厘米以下的树不用此方法。

（1）缺锌矫治　缺锌严重的大树，每株用0.5％硫酸锌溶液2000毫升，压力保持在1.27～1.47兆帕（13～15千克力/厘米^2），将液体从干孔压入树体。因锌只能在酸性溶液中溶解，配制时要先用27.7毫升硫酸加1000毫升水配成稀溶液，再用其溶解锌肥。

（2）缺铁矫治　用1000毫升水兑7毫升硫酸，将硫酸慢慢加入水中，调节pH3～4，用来溶解硫酸亚铁。需要注意的是该溶液应现配现用，溶液的正常颜色为天蓝色，变黄色后不能再用，且所用容器不能用铁器。

2. 自然滴注

一般可在萌芽前或生长季进行。在树干基部沿稍下斜方向钻2～3个孔（根据树干粗度确定），然后将注头插入孔中，将营养液袋挂在树冠高处的枝条上，根据树体大小和缺素状况灌入适量营养液，靠自然压力缓慢滴注入树体。滴注完成后，可以用胶泥封堵孔口。

注意事项：①滴注的溶液浓度或滴注量不能太大，以免造成滴头附近输导系统和树皮伤害；②往树孔内插入滴头时，位置及松紧度要适宜，滴头前稍留空隙，否则滴不出水；③安装好后及时检查，如果有漏液的，适当拧紧滴头；④滴注完成后，及时拔除滴头，收回输液装置，以备下次再用。

四、梨园种植绿肥

我国梨园主要分布在山区、丘陵、河滩沙地以及盐碱地上。这些地区一般土质较瘠薄，有机质含量低。梨园种植绿肥，既能培肥和改良土壤，又能经济利用土地。在沙地和坡地种植绿肥作物，还可起到防风固沙、保持水土的作用。绿肥的成分因种类不同而异，除了含有大量水分外，还含氮、磷、钾及有机质。每亩苕子产草量相当于 6000 千克土杂肥的肥效。绿肥作物的产草量也与土壤肥力有关，通过给绿肥作物适当补充肥水，尤其是氮肥和磷肥，可达到以少量无机肥换取大量有机质的效果。

（一）绿肥种类的选择

绿肥作物种类很多，各地应根据立地和气候条件选择。平原、土质条件较好的梨园，可以间种油菜、黄豆、黑豆、乌豇豆、豌豆、绿豆、地丁等；土质瘠薄、干旱、沙地或河流故道梨园，可间种沙打旺、毛叶苕子、光叶紫花苕子、草木樨或紫穗槐；山地、丘陵地梨园，可在园边、地埂、梯田沿种植紫穗槐，既能保持水土，又能增加肥源；盐碱地梨园可以间种草木樨、田菁、紫花苜蓿等。

（二）主要绿肥特性

各种绿肥作物的特性和播种量有所不同（表 3-12）。有些绿肥作物播前还需特殊处理。例如，百脉根的种子很小，春播出苗较困难，可以在冬季封冻以前播种。扁茎黄芪的种皮很硬，不易吸水，播前要用旧布鞋底等物搓磨，去除硬皮后再播种，以保证出苗。小冠花和三叶草出苗较容易，播时只要墒情好，一般能保证出苗。为使出苗整齐，播前可先浸种催芽，然后进行撒播、条播或穴播，穴间距离以 25～30 厘米即可。

表 3-12　梨园常见绿肥作物特性及播种量

种　类	主 要 特 性	播种量/(千克/亩)
草木樨	豆科作物,适应性强,耐瘠薄,抗旱,耐寒,较耐盐碱;可生长在沙壤土和黏土上,适应 pH 值为 5.0～8.5,每亩产鲜草 1500～3000 千克	1～2
田菁	一年生豆科作物,适应性较强,适应 pH 值 5.5～9.0,可生长在壤土和黏土上,耐盐,耐湿,耐瘠薄,耐旱,每亩产鲜草 1500～2400 千克	3.5～5
毛叶苕子	豆科作物,可在沙土和黏土上生长,适应 pH 值 5.0～8.5,不耐瘠薄,耐寒性较强,耐旱性较差	3.5～5
沙打旺	多年生豆科作物,适应性强,耐瘠薄,抗旱、耐盐,抗风,不耐涝	1～1.25
光叶紫花苕子	较耐旱、耐寒、耐瘠薄,但不耐涝和重盐碱土。生长快,枝叶茂盛,植株不高,越冬前有 7～15 个分蘖,地面被全部覆盖,防风固沙作用强,质地柔嫩,易腐烂,肥效高。每亩产鲜草 1500～2000 千克	3.5～5
豌豆	对气候、土壤要求不严,抗寒力较强,耐旱,不耐湿,深根性。紫花豌豆植株高大,抗逆性强,每亩产鲜草 1250～1500 千克	7.5～10.0
绿豆	耐旱,耐瘠薄,不耐涝。一般酸碱性土均可种植。播种期长,播后 50 天可翻压;枝叶嫩,覆盖好,每亩产鲜草 1000～1250 千克	3.5～5
苜蓿	适应性强,耐寒、耐旱、耐盐碱,不耐涝。每亩产鲜草 2000～3000 千克。一次播种可利用 3～5 年	0.75～1
紫穗槐	适应性强,耐寒、耐旱、耐湿、耐盐碱。山坡、地堰、沟谷、水旁都可以栽植。每亩产鲜草 1000～1500 千克。一次种植可多年收获,肥效高	1.5～2
乌豇豆	一次播种,一次收获,生长快,产量高,年内可多种多收。枝叶鲜嫩,易腐烂。喜高温多湿,有一定抗旱力,宜作夏绿肥。每亩产鲜草 1000～1500 千克	4～5

（三）种植时期及方法

1. 播种时期

一般分为春播和秋播。当年翻压的绿肥作物，应在早春进行播种。越冬绿肥作物，应于8月下旬到9月中旬播种。播种深度以1～2厘米为宜。播种方式可撒播、点播或条播，以条播最佳，行距为30厘米左右。近些年来，北方有的规模较大的梨园，在果实套袋后开始行间播种黄豆或黑豆，雨季豆科植物开花时翻压。这种做法不仅便于梨园春季打药、花期管理以及果实套袋等技术的顺利实施，而且也便于果实采收和运输。

2. 播种方法

幼龄梨园可以在树盘以外的行间、株间全部种绿肥作物。行间种植绿肥作物时，要留足树盘。幼树树盘的直径不少于1米，树冠超过1米的，其树盘直径应比树冠大25厘米左右。成龄梨园可在行间种植绿肥作物。播种前结合整地，每亩施磷肥50～100千克作为底肥，或者苗期追肥。如果绿肥作物苗期根部未形成根瘤，可适当追施少量速效氮肥，以加速幼苗生长。幼苗期注意杂草防治和及时灌水。山地、丘陵地梨园还可在梯田边埂上种植绿肥作物，在其适当的物候期，刈割覆盖于树盘内或树行间，或深压于施肥沟中。

播种方式可采用单播或混播。采取混播方式，可以有效地提高绿肥的生物学产量。如将毛叶苕子、黑荞麦和苦油菜按60∶4∶5的比例，以每亩用3.45千克进行混播，与单播毛叶苕子相比，其地上部鲜草增加66.8%。将乌豌豆与柽麻按5∶2的比例，以每亩用3.5千克进行混播，其地上部鲜草可增产149%。

（四）翻压时期

对于绿肥作物，还应掌握好翻压时期。一般各种绿肥作物均应在其盛花期刈割，翻压或割后覆盖，此期产草量大、养分含量高、秸秆嫩、易腐烂。

（五）利用方式

1. 覆盖或压青

① 利用刈割的鲜草覆盖树盘或放在树行间覆盖，草逐渐腐烂分解，最终变为肥料。

② 可在适宜翻压时期（花期或花荚期），直接用旋耕犁将绿肥作物翻压到行间土壤中，或根据树冠大小，在树冠外开30～40厘米深的环状沟或条状沟，将刈割下来的绿肥作物与土层相间施于沟内，最后覆土并踏实。鉴于绿肥植株中含磷量较低，可在每100千克绿肥中混入磷酸钙1～2千克，以调节氮、磷与钾等营养元素间的相对平衡，有利于梨树根系吸收和利用。

2. 挖坑沤制

选离水源较近的地方，根据绿肥数量挖足够大的沤肥坑，将绿肥切成小段，铺于坑底，厚30厘米，上面撒10%的人粪尿或马粪等，加1%过磷酸钙，再覆盖6厘米土，并适量浇水。依此层层堆放，一般3～4层即可，最上层用土封严踏实。上面最好再用塑料薄膜盖严。夏天经过半月左右，冬季经过3个月，绿肥腐熟，可作为基肥施于树下。

（六）注意事项

绿肥作物选择要适当，播种区域应严格控制，防止绿肥作物与梨树发生激烈的营养竞争。绿肥作物生长期，需要适量施用无机肥和灌水，以增加产草量。翻压应及时，以免丧失养分。播种多年生绿肥作物，需4～5年耕翻一次，然后重新播种，并且改换绿肥品种，以免影响鲜草的收获量，并避免土壤养分失衡。

第三节　灌水与排水

水分是影响梨树生长发育的主要因素之一。相对稳定的土壤水分对于稳定树势具有重要作用。梨园灌溉标准主要依据土壤水分状况。在生长季，梨树根系集中分布层（60厘米以上）含水量以达到60%～80%为宜。高于或低于这个标准，就应及时进行调节。据研究测定，产量达到30吨/公顷的梨园，全年需水360～600吨，相当于360～600毫米降水量。对于北方许多高产梨园而言，单产连续维持在5吨/亩左右，所需水量就更大了。

一、灌溉时期

土壤能保持的最大含水量称为土壤持水量。当土壤含水量达到最大持水量的60%～80%时，最适宜梨树的生长和发育。当土壤含水量低于60%时，应及时进行灌溉。实际生产中，可以用土壤水分张力仪测定土壤含水量，从而确定灌溉时机。

梨树主要灌水时期有：萌芽期至开花前、花后、果实膨大期、采后和土壤上冻前。特别是果实发育期，如果土壤含水量不足，应及时灌溉补充。我国北方的丰产梨园一般年份可浇水5～7次。早春萌芽前浇一次水，5月上旬至7月雨季前浇2～3次水；采收后结合秋施基肥浇1次水；落叶后浇1次上冻水。雨季到来前和生长后期，如土壤不太旱可不浇水，以防枝条徒长和降低果品质量。水源不足的地区，应考虑发展省水灌溉或采取节水栽培措施。

（一）萌芽期

此期灌溉可及时恢复梨树越冬失去的水分，能明显促进新梢生长，有利于开花坐果，还可减轻春寒和晚霜的危害。

（二）新梢速长期

落花后半个月左右是新梢旺盛生长期，此期树体生理机能最为旺盛，对缺水反应特别敏感，是树体需水量最大的时期。这时灌水对促进新梢生长，减轻生理落果具有重要作用。但应注意灌水不宜太多，灌水时期不能太迟，以免引起新梢旺长，进而影响花芽形成。随着春梢生长逐渐减慢，花芽生理分化期来临（5月下旬至6月上旬），树体需水量趋于平缓。此期适当干旱可使新梢及时停长，促进营养积累，有利于花芽形成。如果供水过多，易引起新梢徒长，对花芽分化极为不利。因此，接近花芽分化期不宜灌水。

（三）果实膨大期

在果实膨大的7～8月，要求保证适宜的水分供应。这一时期气温较高，土壤水分蒸发量大，且容易发生伏旱。此期合理灌水，对促进果实膨大、增加产量和提高果实品质具有重要作用。如果降雨过多或频繁灌溉，会降低果实含糖量，影响果面着色，容易引起裂果，使果实品质变差，降低耐贮性。接近果实成熟期需水量减少，应控制灌水。据河北省昌黎果树研究所试验表明：雨季至采收前控制灌水，三年中雪花梨平均果实可溶性固形物含量为 12.38%，果实硬度为 5.79 千克/厘米^2，而对照仅为 11.5% 和 5.60 千克/厘米^2。

（四）生长后期

9月中旬至10月上旬，一般梨果已经采收。此期树体负担减轻，随着气温下降，枝条生长逐渐停止，树体处于营养积累阶段，需水量较少。但结合秋施基肥进行灌水，有助于增加树体贮藏营养。

（五）越冬封冻水

一般在落叶前后、土壤封冻前，在华北地区大约为11月上中旬。灌足封冻水，有利于提高梨树越冬能力，促进翌年梨树生长和发育。

二、灌溉方法

传统的灌溉方法有沟灌、畦灌、盘灌、穴灌等。近年来，许多先进的灌溉技术在梨果生产上开始推广应用，如喷灌、滴灌、微喷灌和渗灌等。总的看来，漫灌耗水量大，易使肥料流失，盐碱地易引起返碱，早春导致地温明显降低，对萌芽和开花不利。有条件的地区应改用喷灌、滴灌，或者采用开沟渗灌。尤其是盐碱地宜浅灌，不宜采用深灌和大水漫灌。

（一）地面灌溉

地面灌溉是目前我国梨树生产上应用最普遍的方法。地面灌水简单易行，灌水量足，维持时间较长。但用水量大，土壤侵蚀较严重，盐碱地容易返碱，灌后若不及时中耕松土，易造成地面板结。地面灌溉因方式不同而分为树畦灌、树盘灌、沟灌和穴灌等。

（1）树畦灌　树盘顺行整成平畦，然后顺畦或顺行灌溉。一般适宜土地较平整的梨园。近些年来，北方一些大型梨园沿树干修筑畦埂，顺行浇灌，浇水效率较高。

（2）树盘灌　以树盘为单位作畦，一般适宜土地不平整的梨园。在山地、丘陵地梨园应用较多。浇水方式为逐株浇灌，形似"串糖葫芦"。

（3）沟灌　即在梨树行间开沟，沟深约 20～25 厘米，密植园在每一行间开一条沟即可，稀植园如为黏土可在行间每隔 100～150 厘米开一条沟，疏松土壤则每隔 75～100 厘米开一条沟，灌水渗入后 1～2 小时，将沟填平。平地梨园也可采用井字沟灌，即在株行间，纵横开沟呈井字形，沟宽、深各 20～30 厘米。幼树可用轮状沟，以树干为中心，在树冠外围开一条轮状沟，并与行间的输水沟相连。坡地梨园采用等高沟灌，即在树冠内外各挖深、宽均为 20～30 厘米、长 1 米的 6～8 条等高沟，在沟内灌水。

沟灌的优点是使水经沟底和沟壁渗入土中，土壤浸润均匀，蒸发渗漏量少，用水经济，并克服了漫灌导致土壤结构恶化的缺点。黏土地行间已开挖排水沟的梨园，可以一沟两用，省去每次灌水时再开沟。

（4）穴灌　适宜无灌溉条件、运水又比较困难的山地、丘陵地梨园。其方法是在树冠下均匀挖坑，坑深度约 60 厘米，直径一般为 30～40 厘米。挖坑要注意防止伤根过多和伤大根。灌后应及时掩埋灌水穴。

（二）管道灌溉

管道灌溉克服了输水过程中的渗漏和蒸发，用水比较经济。根据管道位置不同，可分为地下和地上管道灌溉。

（1）地下管道灌溉　即在地下埋设固定管道，引水灌溉。一般用铁管、塑料管或水泥管铺设。管道上按植株的株距开设喷水孔，使水从管道口流出地面。与地面灌溉相比，此法具有省水、省工、省地和不影响耕作管理等优点。但前期需要一定的投资，此外，埋设塑料管道还需注意防止被老鼠咬坏。

（2）地面软管灌溉　即用可以连接的塑料软管输水灌溉。灌水时，根据梨树与水源的距离将数节管子相互连接，一头接通水源，另一头对准需要灌溉的树盘。一处灌完，再移向另一处，灌溉完毕后收回管子。此法比地下管道灌溉投资少，用水省，机动灵活，不受立地条件限制。但在使用时，安装、移动和拉运管道比较麻烦。

（三）节水灌溉

目前适宜梨果生产上应用的节水灌溉主要有滴灌、喷灌、细管渗灌和小管出流等。国外发达国家绝大部分梨园采用喷灌，一小部分梨园采用滴灌。我国一些自然条件较好、灌溉水源较充足的梨园可采用喷灌，在干旱缺水、但灌溉水质尚好的梨园可采用滴灌或渗灌，一般丘陵地梨园水质较差的地方可采用小管出流灌溉。

1. 滴灌

滴灌可为局部根系连续供水，能较好地保持土壤结构，土壤水分状况稳定，省水、省工，对防止土壤次生盐渍化有明显作用，一般可增产 20%～30%。尤其适于干旱缺水的地区采用。

滴灌系统由水泵、过滤器、压力调节阀、流量调节器、输水管道和滴头等部分组成。干管直径 80 毫米，支管 40 毫米，毛管 10 毫米。干管、支管分别埋入地下 100 厘米和 50 厘米。毛管在每株树下环绕 1 根，每 50～100 厘米安装 1 个滴头。

滴灌次数和水量因土壤水分和梨树需水状况而定，春旱时可天天滴灌，一般情况下 2～3 天灌一次。每次灌水 3～6 小时，每个滴头每小时滴水 2 千克。首次滴灌时，必须使土壤水分达到饱和，以后可使土壤湿度经常保持在田间最大持水量的 70%左右即可。

2. 细管渗灌

近年来，细管渗灌在一些干旱缺水梨区发展很快，收效甚好。在地头建一蓄水池，在蓄水池出水口上连接打有孔眼的渗水细管，埋设干、支、毛输水管道，行与行、株与株间相互连通。将渗水管铺设于梨树根际土壤内 40 厘米深的根系集中分布层。灌溉时将水注入蓄水池，开启阀门，水通过管道均匀渗入梨树根部。一次投资建成后，可以连续使用 10～20 年。这种灌溉方法具有省水、省工、省投资、效益高的特点。

3. 喷灌

喷灌是将水输入地下管道，水从竖管顶端的喷嘴喷向空中，变成水滴洒落到梨树和地面上。或将水输入地面管道，在树冠下设立微喷头，直接将水喷在地面上。此法便于机械化作业，省水（20%～70%）、省工，能调节小气候，适合土地不平整或山地梨园，还可兼顾喷药和施肥。但喷灌要求有专门设备，一次性投资较多，设施长期留在梨园，不易看管。

（四）小管出流

小管出流灌溉克服了微灌系统灌水器易被堵塞的难题，采用超大流道，以 PE 塑料小管代替微灌滴头，并辅以田间渗水沟，从而形成以小管出流灌溉为主体的微灌系统。

小管出流田间灌水系统包括支、毛管道及渗水沟。渗水沟可以绕树修筑，也可以顺树行开挖。前者多用于高大的成龄梨树，并称之为绕树环沟，沟的直径约为树冠直径的 2/3；后者则用于密植梨树，一般每隔 2～3 米用土埂隔开，故又称为顺行隔沟。渗水沟的作用是使灌水器流出的水均匀、分散地渗入到梨树周围的土壤中。管道均埋于地表以下，小管灌水器在渗沟内露出 10～15 厘米。

（五）建贮水窖

在干旱少雨的北方，雨水大多集中在 6～8 月份，此时可将多余的雨水贮存起来备用，尤其适宜干旱、缺水的山地、丘陵地梨园采用。修筑蓄水窖时，应选在梨园附近，地势低、易积水的地方，水窖大小根据降水量和梨园面积而定，窖底和四壁要保持不渗水。干旱时可用窖水浇灌梨园。

三、灌水量

灌水量应以完全浸润梨树根系集中分布层为原则。单位面积上枝叶量越多，灌水量越大。不同质地和类型的土壤灌水量亦有不同，沙地灌水量要适宜，以保证根系正常生长；在返碱梨园，不要使灌溉水浸湿到地下水的深度，土层浅的梨园以浸透土层为度。总的灌水标准是：土壤含水量达到田间最大持水量的 60%～80%。灌水量计算公式如下：

灌水量＝灌水面积×主要根系分布深度×土壤容重×
（田间最大持水量－灌前土壤湿度）

从上式看出，计算具体灌水量时，需要首先搞清以下 4 个数据：①灌溉前土壤湿度（%）；②灌水深度（米）；③田间最大持水量（%）；④土壤容重（克/厘米³）。第一个数据需要田间测定，第二个数据需要根据实际情况确定，后两个数据则可直接查出（表 3-13）。

表 3-13　不同土壤容重及田间最大持水量

土壤类别	土壤容重/(克/厘米³)	田间最大持水量/%
黏土	1.3	25～30
黏壤土	1.3	23～27
壤土	1.4	23～25
沙壤土	1.4	20～22
沙土	1.5	7～14

例如，要计算一个 6.67 公顷（100 亩）梨园 1 次灌溉水用量，除去道路等非灌溉占地（约为 1/4），实际灌溉面积约 50000 平方米，测得灌前土壤湿度为 15%；要求灌水渗入深度达 0.6 米。土质为壤土，查表 3-13 土壤容重为 1.4 克/厘米³，其最大持水量为 25%，分别代入以下公式。

灌水量：50000 米² × 0.6 米 × 1.4 × (0.25 − 0.15) = 4200 吨。

计算结果得出：此梨园灌溉每亩大约需水 42 吨。

四、保水方法

除了在土壤管理一节中讲到的中耕除草、土壤覆盖等方法外，施用土壤保水剂是近些年来发展起来的一项新技术。保水剂是一种高分子树脂化工产品。它在遇到水分后，能在极短时间内吸水膨胀 350～800 倍。吸水后形成胶体，即使施加压力也不会把水分挤出来。可将保水剂与土壤按 1：(500～700) 的比例掺入土壤中，降雨时，贮存水分；干旱时，释放水分，可持续不断地供给梨树吸收。保水剂在土壤中能反复吸水，可连续使用 3～5 年。

五、梨园排水

在我国，无论南方还是北方，梨园涝害均有可能发生。尤其是在 7～9 月多雨的年份，在低洼地或地下水位高的平地，甚至在山脚下的"尿炕地"，在栽植穴下具有不透水连山石的山地梨园，常常因雨水过大而集中，不能及时排水，造成局部或全园涝害。

（一）涝害对梨树的影响

梨树虽较耐涝，但梨园土壤水分过多、土壤透气性降低、氧气不足，会抑制根系生长，不利于养分吸收。长期淹水会造成土壤缺氧并产生有毒物质，容易发生烂根、造成根系死亡，地上部叶片萎蔫、落叶，严重时枝条枯死，直至整株死亡。因此，位于低洼地、盐碱地、河谷地及湖、海滩地上的梨园，地下水位较高，雨季易涝，应修筑好排水工程体系，保证雨季排涝顺畅。

（二）排水方法

梨园排水方法可分为明沟和暗沟排水两种类型。明沟排水是在地表每隔一定的距离，顺行挖一定深度和宽度的排水沟。对于降雨量少、地下水位低的梨园，通常只挖深度小于1米的浅排水沟，并与较深的干沟连接起来，主要用于排除地表积水。对于降雨量多、地下水位高的地区，在梨园内除开挖浅排水沟外，还应有深排水沟，后者主要用于排除地下水，降低地下水位。暗管排水是在梨园安设地下管道，排水系统通常由干管、支管和排水管组成，适合于土壤透水性好的梨园。暗沟排水不占地、不影响耕作，便于机械化施工，是今后发展的方向。

山地黏土梨园，梯田面较宽时，雨季应在内沿挖较深（1米左右）的截流沟，以防内涝。沙石山地梯田内沿为蓄水挖出的竹节沟，在雨量过大时应将竹节沟埂扒开，以利过多的水分及时排出。平原黏土或土质较黏的梨园应开挖排水沟，排水沟间距和深度依雨季积水程度而定，积水多而土质黏重的应每2～3行（8～12米）树挖一条沟，积水较轻或土质不黏的可每4～6行（约16～24米）树挖一条沟。行间排水沟口应与园外排水渠连通。排水沟深度应保证沟内雨季最高水面比梨树根系集中分布层的下限再低 40 厘米。河滩地梨园，如果雨季地下水位高于 80～100 厘米时，也应挖行间排水沟，一般 4～6 行树一条。

（三）受涝梨树的管理

对已受涝害的梨树，首先要疏通排水渠，尽快排除梨园积水。如果受淹时间较长、涝害严重，必须将根颈周围和部分粗根上面的泥土扒开，进行晾根，并对根系和周围土壤进行喷药消毒，以防根系感染病害。株、行间土壤也应耕翻，扩大蒸发面积，降低土壤湿度，提高通透性能。结果量大的梨树，要及时疏去部分果实，减少养分消耗。加强叶面喷肥，及时防治病虫害，促进树势恢复。

第四章　整形修剪

　　整形修剪是梨树栽培管理中的一项重要技术措施，其基本任务是培养牢固的树体结构，协调好生长与结果的关系，提早幼树结果期，保持成龄树连年丰产、稳产、优质。然而，必须清醒地认识到：修剪并不是万能的，它仅仅是营养调节的一项技术措施，只有在树势健壮的前提下，才能表现出正常的修剪反应。因此，修剪作用是否能够得到理想的发挥，在很大程度上依赖于以梨园土肥水为中心的综合管理水平。

第一节　梨树与修剪相关的习性

　　与其它大多数落叶果树相比，梨树生长和结果习性有许多不同。正是由于这些差异，导致实际生产中，梨树整形修剪有着一些不同的要求和特点。梨树与修剪相关的习性如下。

一、幼树生长慢

　　梨树萌芽率高、成枝力低，幼树枝叶量增长较慢。大部分品种一年生枝条除先端生长 1～4 个长枝和基部盲节不萌发外，大都萌发成为短枝。梨树对于短截修剪比较敏感，短截后虽然能够刺激发生长枝，但总枝量会减少。梨树幼树枝叶量小，枝条比较稀疏。成枝力依梨品种系统不同而有所差别，秋子梨系统和西洋梨系统中某些品种成枝力较高，白梨系统一般表现中等，砂梨系统中某些品种则较低。所以，要实现梨幼树丰产，促进早期枝叶量增加是关键。生产上采取的主要措施有：计划密植、开张枝条角度、刻芽和轻剪多留枝等。

由于梨成枝力较弱，对幼树期间发生的长枝要尽量利用，以增加早期枝量。特别对发枝较少的日本梨或鸭梨等品种更要少疏枝，对树冠上发生的强旺枝也应尽量设法利用，通过改变方向、削弱长势，使之成为有用的枝条。如直立旺枝可拉平缓放，待结果后枝条下垂时，再回缩利用。对主枝背上发生的旺枝，可通过夏季摘心、扭梢等技术加以控制。总之，梨树幼树修剪应尽量从轻，做到多促枝、少疏枝。

二、顶端优势明显

梨树树姿直立，干性比较强，层性明显。中心干和主枝如不注意控制，其延长枝往往生长过强，上升及延伸过快，易造成树体上强下弱，主枝前强后弱。主枝间、主侧间易失去平衡，对侧枝如不注意特别培养，则难以形成。长放枝回缩后，常表现为先端生长势强而后部缺枝，造成大枝后部"光秃"现象。因此，应尽早注意主枝中、后部枝组的培养，及时开张主枝角度，适当加大层间距，多培养背斜侧大、中型枝组，培养后部和两侧新生枝条，控制主侧枝先端延伸速度，防止结果后下部空虚无枝。主枝基角一般应开张到 50°以上。对日本梨等发枝特少的品种，主枝开张角度不宜小于 60°，以增加发枝，否则很容易在主枝上形成脱节现象，只发生较多的短果枝及短果枝群，侧生枝条既少又弱。在骨干枝基角开张以后，每年还要注意开张梢角，如果梢头上翘，则易发生前强后弱，内膛光秃加快。由于梨树枝条分枝角度小、较硬脆、易劈裂，所以，开张骨干枝角度的工作宜在生长季进行。如果夹皮角不易拉开，可先行固定再拉或朝反弓背方向拉开。

梨枝条顶端优势的强弱，不仅与枝条、芽的角度及所处位置有关，还取决于先端芽的强弱和着生母枝的势力、位置与角度。一般枝条先端的芽位置较高，发枝较直立，长势强壮，反之则弱。生产上可根据整形修剪的需要，采用变方向、变位置、变高度、变角度、分散势力等方法改变枝条的顶端优势。

三、骨干枝变化灵活

由于幼龄期梨树中、长枝发生较少，整形时选择主枝（或其它骨干枝）常会遇到一定困难。实际整形过程中，应根据树形要求，尽量利用刻芽和拉枝技术促发所需分枝。如果达不到预期分枝要求，不要急于确定骨干枝，可对所发的弱枝破顶，并选择方位好的强壮短枝，萌芽前在其芽上方目伤，促发长枝，这种短枝所发的枝基角较大，生长发育好。对于成枝力强的品种，在幼树选择培养主枝时，可多留几个枝条，作为备选主枝。此外，对于成枝力低的品种第一层主枝应适当多留，侧枝在主枝上本着有空就留的原则，尽量扩大结果部位。有些梨品种侧枝生长较慢，需待树龄渐大、主枝开张以后，利用侧生分枝、辅养枝和结果枝组占满空间。由于梨树寿命较长，骨干枝常因结果后角度变大或病虫害等原因而不能维持原来的从属关系，需要及时更换或重新培养，所以，梨树骨干枝在一生中可能会有多次变化。

四、单枝长势差别大

梨树同一枝条上不同芽子抽生的新梢，一般从上向下依次减弱。先端枝条长而粗，向下逐渐变得细而短，单枝之间生长势差别较大。大多数品种，长枝上较易抽生出长、中、短枝；而中枝和短枝上则很难再抽生出中、长枝，即中枝和短枝的转强能力较弱。因此，对多数梨品种而言，进入结果期后很快就转为以短果枝群结果为主。修剪时，要注意不同类型枝条和结果枝组的培养与更新复壮。此外，梨树枝条的尖削度一般较小，相对负载能力较差，所以，骨干枝开张角度不宜过大，在培养骨干枝时，要尽量注意避免过长枝的缓放，延长枝的短截应逐年减短。

五、成花结果容易

梨树新梢在年周期中停止生长较早，顶芽和侧芽发育均好，秋梢健壮，芽子饱满（图4-1）。长枝缓放后，一般当年便能形成花芽。短枝多次结果后，果台上也能继续抽生短枝，易形成短果枝群。芽鳞片的大小和数目可作为判断花芽的形态指标。一般白梨系品种短枝顶芽鳞片达15片以上，日本梨11片以上，西洋梨10片以上，均可形成花芽。梨花序和花朵坐果率一般较高，且促花技术效果显著。所以，进入结果期的梨树，修剪中一般不必特别考虑促花问题，而重点应放在如何防止结果过多。

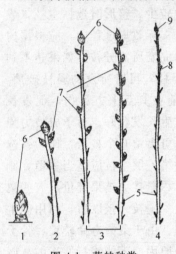

图 4-1　芽的种类

1—短果枝；2—中果枝；3—长果枝；
4—发育枝；5—叶芽；6—顶花芽；
7—腋花芽；8—侧芽；9—顶芽

梨树结果枝组容易培养，树势中庸时，放、疏、缩、截均有较好的效果，徒长枝也能够很容易地改造为结果枝组。梨树的大、中、小型枝组均易单轴延伸，所以，应尽量使其多发枝，形成扇形展开式枝组，幼树期要多留、早培养。梨树许多品种，由于连续发生果台副梢能力较强，容易形成短果枝群（图4-2）。短果枝群一般寿命较长，但在多次或连续结果后，生长易衰弱，要注意及时疏弱留强，进行更新复壮。所以，对许多梨品种而言，盛果期树修剪的主要任务之一就是短果枝群的精细修剪。

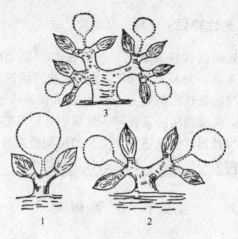

图 4-2　短果枝群形成过程

1——年生；2—二年生；3—三年生

六、副芽发育良好

梨枝条基部两侧的副芽发育良好，是梨树休眠芽的主要来源（图 4-3）。梨潜伏芽寿命长，在受到较重刺激后易萌发或抽枝。梨树一生中容易进行多次更新，并且更新后的枝条再生能力也强。所以，在梨树修剪中，应该根据其所处的年龄时期和生长势，及时确定"小更新"或"大更新"方案，并加以实施。此外，值得一提的是：梨枝条基部为盲节，无瘪芽（西

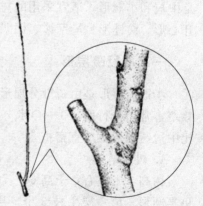

图 4-3　梨枝条基部的副芽

洋梨除外），所以，在修剪中不能利用瘪芽，但可利用副芽。

七、喜光性较强

梨树对光照强度较为敏感，一般在50％以上的光照强度下容易形成花芽，光照低于30％难以成花。当树冠郁闭光照不足时，内膛结果枝组特别是小枝组容易衰弱或枯死。所以，整形修剪时，树冠结构必须合理，应该创造较好的通风、透光条件，修剪时做到留枝量适宜，主枝的层间距离适当大些，并充分注意全树各部位枝量、枝类的分布和调整。

第二节　主要树形

20世纪50年代以来，我国梨树生产上经历了一个栽植密度由稀变密、树冠由大变小的过程。各地研究人员和梨农经过多年的摸索和实践，创造出许多适宜当地条件的树形。"只有不丰产的结构，没有不丰产的树形"已经成为梨树管理者的共识。近些年来，随着栽植密度的增加，生产上采用的树形主要是中冠和小冠形。适宜采用的树形有小冠疏层形、多主枝自然开心形、纺锤形、Y字形、棚架形等。

一、小冠疏层形

小冠疏层形是由疏散分层形演化而来。一般用于乔砧密植栽培，常用株行距（3～4）米×（4～5）米。由于不配备侧枝，比中冠疏层形更适宜密植。

1. 树体结构

树高3米左右，干高60～70厘米，冠幅3～3.5米，树冠呈半圆形。第一层主枝3个，层内距30厘米；第二层主枝2个，层内距20厘米；第三层主枝1个。第一层与第二层层间距80厘米，第二层与第三层层间距60厘米，主枝上不配置侧枝，直接着生大、中、小型结果枝组（图4-4）。

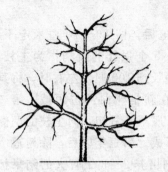
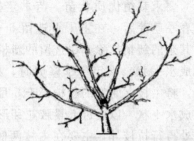

图 4-4　小冠疏层形　　　　图 4-5　多主枝自然开心形

2. 整形技术

定植后，选饱满芽处定干。定干高度 80～90 厘米；在定植后的 2 年内，从基部 3 个方向选出 3 个主枝，水平夹角互为 120°。此后，在中心干上距离第三主枝 80 厘米处选出第四和第五主枝，在距第五主枝 60 厘米处选留第六主枝，其方位上下插空错开。6 个主枝配齐后，顶部落头开心，以利于光照。在定植后的 4 年内，对中央干和主枝延长枝进行轻度短截。主枝用撑、拉、别、坠等方法开张角度，基角 60°、腰角 80° 左右。主枝上不安排侧枝，直接着生结果枝组。

二、多主枝自然开心形

多主枝自然开心形适于中等密度或密植梨园采用。一般栽植密度为（2～3）米×（4～5）米。该树形树冠形成快，树体光照条件好，骨架牢固，丰产，结果早，树冠结果几乎在一个水平面，果实大小、糖度差异较小，果大质优，且抗风能力较强，操作管理方便，省工。

1. 树体结构

树形无中心干，干高 60 厘米，主干上均匀分布 3～5 个主枝（随株距大小而增减），主枝开张角度 50°～60°，再在每个主枝上配备若干中、小枝组和短果枝群，树高 3 米左右（图 4-5）。

2. 整形技术

要求栽植优质壮苗。苗木定植后，留 60～70 厘米定干。待春季萌芽后，在主干上选留 3～5 个强壮的新梢作为主枝，将其余的新梢抹除。待选留的新梢长到 100 厘米左右时，将其拉成水平状。当年冬季修剪时，在新梢弯曲部位短截。第二年，将主枝上萌发的新梢，于 5 月底至 6 月初，向主枝的两侧拉成水平状，以促进大量腋花芽形成。第三年以后，除树冠空当处再行拉枝外，主要在主枝两侧培养 2～3 个较大的结果枝组。结果枝组在主枝上，以上小下大均匀分布排列。主枝的背上与背下不能培养大型结果枝组。树形经过 3～4 年培养后基本形成。

三、纺锤形

纺锤形适于密植梨园采用。一般行距 3.5～4.0 米，株距 0.75～2.5 米栽植。既可用于乔砧梨树，也可用于矮化中间砧梨树。只有一级骨干枝，便于主枝轮流更新，易培养结果枝组，树冠紧凑，叶幕层薄，通风透光好。结果早，产量高。

1. 树体结构

树高不超过 3 米，主干高度 60 厘米，在中心干上着生 10～15 个小主枝。从主干往上螺旋式排列，间隔 20 厘米，插空错落着生，互不拥挤，均匀地分布在各个方向，同侧两个小主枝间距 50 厘米左右。小主枝与中心干分生角度 70°～80°左右，在小主枝上直接着生小结果枝组。小主枝的粗度小于着生部位主枝的 1/2，结果枝组的粗度不超过小主枝粗度的 1/2（图 4-6）。

2. 整形技术

定干高度 80 厘米，中心干直立生长。第一年在中心干 60 厘米以上选 2～4 个方位较好、长度在 100 厘米左右的新梢。

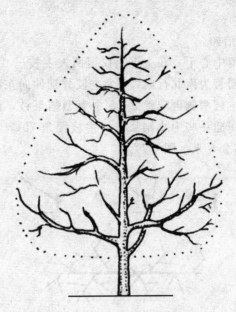

图 4-6 纺锤形

在新梢停止生长时进行拉枝，一般拉成水平状态，将其培养成小主枝。冬剪时，中心干延长枝剪留 50～60 厘米；第二年以后仍然按第一年的方法继续培养小主枝，将小主枝上离树干20 厘米以内的直立枝疏除。对其它的枝条，根据培养枝组的要求，通过扭梢等方法使其变向，无用的疏除。冬剪时，中心干的延长枝剪留 40～50 厘米。经过 4～5 年基本成形。每年在中心干上选留 2～4 个小主枝，拉成水平状。延伸过长的，及时回缩。小主枝上配备中、小型结果枝组。当小主枝已选够时，就可落头开心。为了保持 2.5～3 米的树冠高度，每年可用弱枝换头或直接将强枝拉平。

四、Y 字形

该树形适于密植梨园采用。该树形成形快、结果早，有利于管理和提高果品质量。适宜株距 1 米，行距 3～4 米高密度栽培。

1. 树体结构

整形不留中心干，在主干上仅留两大主枝呈"Y"字形对称分布。梨园若为南北行向，2个主枝分别伸向东南和西北方向，每一个主枝两侧再配置2～3个大型结果枝，作为全树的结果部位。间插一些中小结果枝。主枝腰角70°，大量结果时达80°，树高2.5米（图4-7）。

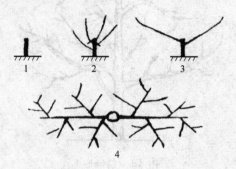

图 4-7 Y字形

1—定干；2—当年萌发新梢；3—拉枝；4—结果枝组分布

2. 整形技术

要求栽大苗、壮苗。定植后，留60～70厘米定干。春季萌芽时，保留两个生长强壮的新梢，将其余的抹除。到5月底至6月初，待新梢长到100厘米左右时，将保留的两个新梢分别向东西方向，拉成70°～80°的开张角度，呈"Y"字形，这两个新梢以后即成为两大主枝。当年冬季修剪时，在枝梢顶部弯曲部位短截，并抹去背生强芽。定植后的第二年的5月底至6月初，将两大主枝上萌发的直立新梢，沿主枝两侧全部拉成水平状，以促进花芽形成，第三年以后，把主枝两侧的结果枝，每隔40～50厘米培养成一个结果枝组。结果枝组在主枝上的分布，上小下大，呈三角形。主枝的背上不能培养较大的结果枝组，大型枝组均匀分布在主枝的两侧。经过3～4年的培养，该树形基本完成。

五、棚架形

棚架梨园一般要求栽植密度为 5 米×5 米或 6 米×8 米。为了提高梨园早期产量和经济效益，在建园时可将栽植密度增加一倍，即 2.5 米×2.5 米或 3 米×4 米。加密栽植时，应注意安排和区分永久定植树与加密树（临时树），二者在管理上应区别对待。当临时树影响永久树生长时，应及时回缩，直至间伐。棚网架栽培，树冠扩展快、成形早，早期叶面积总量大，枝条利用率高，树势稳定，树冠内光照条件良好，结出的果实个大均匀，品质好。缺点主要是：架材成本较高；背上枝条生长旺盛，夏季修剪量较大；幼树期枝条修剪量大；管理费工，对肥水要求较高。

1. 树体结构

干高 1 米左右，主干上着生 3 个主枝（也可着生 2 个或 4 个主枝），主枝向四周伸展，主枝间距保持 7～8 厘米，主枝基角 50°，腰角 70°，每个主枝着生两个侧枝，侧枝上每隔 20～25 厘米，直接培养长轴型结果枝组（图 4-8）。

2. 棚架的搭建

棚架可分为平面式和斜拉式两种。一般高 1.8～2 米，以水泥柱为支撑，用 8# 镀锌铅丝为主线，用 12# 镀锌铅丝为副线，主线与副线结成 0.5 米×0.5 米的方格。

（1）立支柱　先将梨园四个角的支柱位置确定下来。然后将同侧的两根支柱连接成线，沿直线每隔 4～6 米定下四周支柱的位置，最后再定田间的支柱。支柱间距 4～6 米，均匀排列。支柱垂直于地面，高度一致，纵横成行。埋支柱时，先在地面做好混凝土基础，埋入地下深度由棚架的高度而定。

四个角的支柱，采用 12 厘米×12 厘米×330 厘米水泥柱，四周的支柱采用 10 厘米×10 厘米×285 厘米水泥柱，田间的

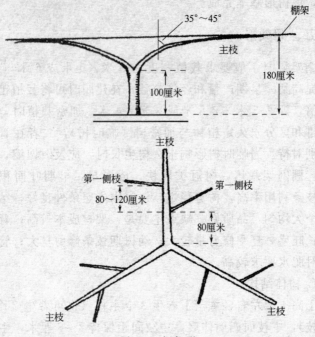

图 4-8　棚架形

支柱采用直径 8 厘米左右、长 4 米的镀锌钢管或水泥柱。

（2）抛地锚　由于四个角和四周的主枝承受的压力较大，每个支柱顶端用 8# 钢筋拉紧成方框，并分别配一个或两个地锚（四个角配 2 个，四周配 1 个），用斜拉铅丝固定，斜角为 30°～40°，地锚深度 1 米。

（3）架设网面　先用 8# 镀锌铅丝，沿纵横方向，每排立柱拉一道主线，用紧线器拉紧，固定于每根支柱上端。然后用 12# 镀锌铅丝，每隔 50 厘米添拉一道副线，拉紧后固定于主线上，形成网格为 50 厘米×50 厘米的网面。

3. 整形技术

定干高度为 1～1.2 米，剪口下 30 厘米内要保留 6 个以上不同方位的饱满芽，并把剪口下第一个芽抹去。待新梢抽出后，根据新梢生长方向、位置、角度和长势，选配三个主枝，三个主枝的平面夹角为120°，主枝间距保持7～8厘米。

新梢长至50厘米以上时，用竹竿诱引上架。竹竿长2.5米左右，使竹竿与地面的夹角为50°，三根竹竿平面夹角为120°，把主枝绑缚在竹竿上。主枝先端用垂直长竹竿诱引，使延长头向上笔直生长，确保其长势，同时抑制后部发旺枝。主枝每生长20厘米左右，在直立支柱上绑缚一次。

对主枝以外的新梢，要尽量保留。如果生长旺枝，可通过扭拉抑制其长势。在每个主枝上选留两个侧枝，第一个侧枝选留在距离主干1米左右，主枝与侧枝的粗度比要保持为7∶3。每个主枝上的第一侧枝要分步在同一侧。第二侧枝在距离第一侧枝80～100厘米的对侧。选定的主枝、侧枝，冬剪时均要适当抬高角度，并禁止顶端挂果，以促进营养生长，提早成形。栽后的前三年均去掉花芽，不留果，第四年开始投产。

在侧枝上直接培养长轴形的大型结果枝组，其数量为每10平方米大约25个，这种长轴形的结果枝组衰老时要及时进行更新修剪，更新到3～4年生部位。对于枝量不足者，可在侧枝上用皮下腹接方法补充枝条，或刺激残桩上隐芽萌发形成枝条。

第三节　修剪时期及修剪量

修剪时期和修剪量是制约修剪效果的重要因素。以往生产上比较重视冬季修剪，近些年来，对于生长季修剪的作用给予了充分的认识和肯定。不同梨品种对于修剪反应规律不同，不同年龄时期和不同树势对于修剪量的要求也不一样，所以，确定适宜的修剪量对于保证良好的修剪效果至关重要。

一、修剪时期

梨树的修剪时期，分为休眠期修剪和生长期修剪。休眠期修剪是指梨树落叶后到次年春季萌芽前这一段时期内的修剪，主要目的是培养树形、促进树冠扩大、培养结果枝组和改造辅养枝等，主要修剪手法有短截、疏枝、长放等。生长期修剪是指春季萌芽后到秋季落叶前这一段时期的修剪，主要目的是缓和树势、促发分枝、控制旺枝、促进成花、培养结果枝组等，主要修剪手法有抹芽、目伤、疏枝、拉枝、扭梢、摘心、拿枝、环剥等。不同时期的修剪，其作用有所不同。只有二者相互配合，取长补短，才能取得良好的效果。

二、修剪量

一般而言，随着修剪量增大，对梨树促进生长的作用增强。然而，若修剪量过大，就会破坏梨树生长与结果的协调关系，破坏地上部与地下部的相对平衡关系，引起树体旺长，显著抑制花芽形成。但如果修剪量过小，对于一些弱树或花量过大的成年梨树而言，就不能起到复壮或减少花果、维持生长与结果平衡的目的。一般可根据树势确定修剪量。中庸健壮的树势修剪量适中，强旺树势修剪量减小，而衰弱树势修剪量必须加大。

1. 中庸树势

外围骨干枝的延长枝长度30厘米左右，枝条粗壮，花芽适量（30％以上）、饱满，中、小枝组占90％左右。这类树可采用等量修剪法，即当年剪掉的枝量与下年新生的枝量相等或略多，不动或少动大枝，保持树冠枝量与地下根量总体平衡。一般盛果期树修剪量以40％左右为宜。枝组内部要实行"三套枝"修剪，使结果枝、育花枝和生长枝各占1/3左右。

2. 强旺树势

外围骨干枝的延长枝长度 35 厘米以上，成花量较少。这类树可采用缓势修剪法，即多放少截、只疏不"堵"，去除强壮直立枝，留平斜枝，用弱枝、弱芽带头，多留花果。一般盛果期树修剪量应小于 1/3。树势过强时，可实行晚剪、二次剪，采取环剥、绞缢等夏季修剪措施，促使梨树多成花、多结果，使树势缓和下来。

3. 衰弱树势

外围骨干枝的延长枝长度在 25 厘米以下，开花较少或花多果少。这类树可采用助势修剪法，即多截少放、重缩轻疏。一般盛果期树修剪量应大于 1/2。对结果枝组可采用去弱留强，抬高角度，用强枝上芽带头，少留花果，配合以土肥水管理为中心的综合管理，使弱树尽快转化为中庸健壮树。

第四节　不同年龄时期修剪特点

一、幼树期

一般指 4～5 年生以前的梨树，是树冠形成的主要时期，也是从生长到开始结果的转化时期。此期修剪的主要任务是根据所采用的树形，选择和培养各级骨干枝，并在骨干枝上培养结果枝组，同时对一些枝条进行适当控制，使之及时成花结果。

1. 骨干枝培养

根据所采用的树形，优先保证骨干枝的顺利生长。在选择骨干枝时，必须保证骨干枝生长势和粗度明显大于其上着生的所有枝条。开张角度也应小于其上着生的大型侧生枝。一般中心干及主侧枝的延长枝都应适度短截，不宜缓放。对骨干枝的延长枝的竞争枝，要进行重剪，待发枝后再行长放，不能在骨干枝头附近直接长放竞争枝。

2. 促进枝叶量迅速增长

梨树由于成枝力低、幼树树冠生长缓慢，应运用各种修剪方法，增加枝叶量。对幼旺树要轻剪、缓放、多留枝。对树冠内的枝条，如果空间较小，可先缓放形成花芽后，再回缩成枝组；如果空间较大，可先短截促分枝，再缓放形成枝组。对于旺长的直立枝、徒长枝和直立的竞争枝，一般也不要疏除，到5月份枝条变柔软时，可通过拉枝等变向技术，填补树冠空隙。

3. 开张骨干枝角度

分枝角度小，生长极性强，是梨树的生长特征之一，因而容易造成生长过旺、枝条密挤，通风透光不良，形成花芽困难，影响早期结果。为缓和主、侧枝的生长势和改善冠内通风透光条件，要及早开张角度。在2～3年生时，可用支、拉、顶或里芽外蹬的方法开张角度。梨树枝条尖削度小、负载能力低，开张角度不宜过大。另外，梨树夹皮角较多，枝条硬脆，开角拉枝时注意防止大枝劈裂。

4. 控制中心干过强

采用有中心干的树形，要特别注意防止"上强"。当中心干的粗度明显大于基部主枝的粗度，或由于生长过快，树冠变得既高又窄，或第二、第三层主枝的枝展接近第一层主枝时，对中心干就要加以控制。对成枝力强的品种，可每年小换头或每隔1～2年换头一次，使中心干弯曲上升；对成枝力弱的品种，可把原头压倒，另换新头。对第二层主枝以上的部位，不留大辅养枝，通过增加结果量，以结果缓和其生长势。

5. 培养结果枝组

当冠内枝条增多后，根据骨干枝的分布，在其上逐步选留大、中型结果枝组。小枝组则见缝插针留用。树冠空间大的地方，利用先短截长枝、再缓放的方法，培养结果枝组。特别是在主枝下部侧面，发展空间较大，对斜生状态的长枝，可进行中截或轻截，促发分枝，培养大型结果枝组；或利用长枝缓放的方法，形成花芽结果。对于树上的辅养枝，根据空间大小及时改造。在骨干枝的背上，幼年期只留小型枝组，枝轴长度控制在 25 厘米以下。不能留大型和中型枝组，如果背上枝组转旺，要在夏剪或冬剪时，疏间强枝、留平斜弱枝。

6. 促进开花早结果

在保证骨干枝顺利生长的同时，通过轻剪长放、拉枝和环剥等方法，促进一部分枝条形成花芽和开花结果。树冠内的中庸枝、弱枝，一般均长放，促其成花，及早结果。如果冠内空间较大，可以在该枝条上部深度刻伤，促使其转化成长枝。对内膛有空间而不影响主侧枝生长的辅养枝，可通过环剥、缓放等措施，促使其提早结果。

7. 控制旺枝

对生长较旺的直立枝及徒长枝，除疏去过密的以外，可进行冬季重短截，来年再去强留弱，并将其逐渐培养成结果枝组。对于骨干枝背上发出的直立强壮枝，有空间的要压倒、拉平长放，结果后视情况再行改造，徒长枝要及时疏除。

二、初果期

初果期一般是指 4～6 年生的梨树。幼树在即将完成整形时，逐渐开始结果。此期的初期树体生长量仍然很大，应以继续整形、扩大树冠和促生大量结果枝为主，树势很快缓和下来后，就会进入大量结果期。

1. 骨干枝的培养

注意各级骨干枝之间要主从分明，树势要均衡。按照既定树形要求，继续培养骨干枝。保持中心主干的优势，迅速扩大树冠。重点是开张梢角，分清层次。如果中心干上部较强，已达到既定树高，上层主枝开张较好，即可落头。如中心干转弱，则应削减中心干下部的生长优势和果实负载量。对延长枝的修剪应逐年减短，以加强骨架担负能力。如果树冠已经达到预定大小，延长枝可以不再短截。

2. 结果枝组的培养

初结果期树的修剪重点是促生大量结果枝，进一步培养好结果枝组。在枝组培养方面，可掌握小枝不动自然转化中长枝，待成花后回缩。梨树成花容易，一般在枝条长放后都能成花，所以，在初果期前期还需适当控制结果量，增加枝叶量，保证树冠扩展，使树冠内部形成丰满的枝组。进入初果期后期，对树冠内长枝要区别对待，有长放、有短截，使每年在冠内形成一定量的长枝，长枝应占总枝量的 1/15 左右。如发生的长枝少，说明修剪量轻，需增加短截数量；如发生的长枝量大，说明修剪过重，需减少短截量，多留枝长放。

三、盛果期

盛果期是梨树大量结果的时期。此期树冠大小基本固定，产量达到高峰。修剪的基本原则是：调整好树势，维持良好的生长与结果的平衡关系和各级枝条的主从关系，及时更新结果枝组，保持适宜的枝量和枝果比例，使结果部位年轻健壮，结果能力强，改善冠内光照条件，确保梨果优质。

（一）树势调整

采取有针对性的修剪技术，使强树或弱树都转化为健壮的中庸树。对强旺树，可采用主干环剥、强枝环剥或芽目伤、只疏不截、多缓放和多留果等方法；对于弱树，可采用多截少缓放、抬高枝梢角度、回缩弱枝、疏花疏果和少留果等方法，使其转化为中庸健壮的树势。当然，对于弱树，还必须在加强以土肥水为中心的综合管理的前提下才能奏效。

（二）骨干枝的修剪

进入盛果期的梨树，各级骨干枝已经基本固定。对结果后角度加大的骨干枝，在尚未下垂前，不要急于回缩，可先培养背上新的延长枝，待其加粗后，再行换头更新。对于角度开张过大的骨干枝，可以在背上培养角度小的新枝头。待新枝头经过数年培养而原头显著衰弱时，可对原头缩剪，用新头代替。部分发生交叉紊乱的骨干枝或大型枝组，可以分清主次，改变延长枝方向，也可轻度回缩。维持骨干枝单轴延伸的生长方向和生长势，调整延长枝角度，对逐渐减弱的骨干枝延长枝适度短截。对于郁闭梨园，可利用交错控制法（有伸有缩）解决株间枝头搭接问题。

（三）改善冠内光照条件

梨树盛果期容易出现冠内枝条过密，光照不良现象。此期树体内布满各级骨干枝、各类结果枝组、残留辅养枝、新发的直立枝和结果后压低的下垂裙枝，导致内膛光照不良，树体呈现外强内空。解决方法是：可疏除一部分过密的大、中型辅养枝，或用以缩代疏的方法改为结果枝组。需疏枝量较多时，应分年分批解决，以免修剪过重产生不良后果。骨干枝背上发出的徒长枝，有空间时利用夏剪摘心或长放、压平等方法培养成枝组，无空间则疏除。此期修剪的主要任务是：打开天窗，通畅行间，清理层间，疏除下裙枝，疏缩冠内直立枝。

（四）及时更新结果枝组

结果枝组内结果枝数和挂果量要适当，并留足预备枝。中、大型结果枝组应壮枝、壮芽当头，每年均应发出新枝。枝组间应有缩有放，错落有致。内膛枝组多截，外围枝组多疏枝少截，以确保内膛枝组能得到充足光照，维持较强的生长和结果能力。内膛发生的强壮新梢可先放后截或先截再放，培养新结果枝组代替老枝组。利用回缩法及时更新细弱枝组。对已形成的结果枝组要注意稳定其生长势和结果能力。梨的小型枝组容易变弱，应掌握疏前促后、疏弱留强的原则，使其转弱为强。中型枝组变弱时，可疏掉部分短果枝。大型枝组变弱时，应先处理其上部中、小枝，以减轻负担，恢复保留枝条的生长势。对于中型单轴生长的水平枝（鞭杆枝）可回缩至"抬头短枝"处，促生发育枝或健壮的果台长枝，其后部还可形成小型结果枝组（图4-9）。对于大型单轴延长的结果枝组，因下垂而后部光秃时，可逐年回缩更新或腹接新枝补空。此外，对于许多以短果枝群结果为主的品种，盛果期还应特别注意短果枝群的精细疏剪，防止分枝过多，密挤引起老化。修剪时要做到去弱留强、去上留斜、去远留近，以维持短果枝群生长紧凑、健壮（图4-10）。一般每个短果枝群中以不超过5个短果枝为宜，其中留2个结果，2～3个作预备枝，破顶芽。

图 4-9　结果枝组的更新　　　　图 4-10　短果枝群修剪

　　盛果期结果枝组的主要修剪方法是回缩、更新、复壮。生长衰弱的结果枝组，可分年、分批轮流回缩，一般每年回缩量为1/3～1/4。要选择角度向上、方位适宜、生长较好的分枝，作为缩剪后的带头枝。留下的分枝，要适度短截。花芽多的枝组，要多疏衰弱瘦小的花芽，以促进枝组生长健壮，提高成花结果能力。前强后弱的枝组，可适当疏去前部一些强旺分枝和1年生枝；中、下部分枝适度短截或回缩，促使后部枝、芽健壮。短果枝群上的短枝，可采取去弱留壮、去远留近的方法修剪。着生在主、侧枝背上的强、旺直立枝组，要分年逐步回缩。回缩枝组的一年生枝，生长强旺的缓放，生长中庸或较弱的要适度短截。主、侧枝中下部生长衰弱、延伸较长，且基部光秃的枝组，可直接在较明显的潜伏芽处回缩，或生长前期在潜伏芽前环刻、环剥，促使潜伏芽萌发、抽枝，来年再重新回缩，防止结果部位继续外移。梨结果枝组着生过密或重叠交叉时，一般不宜疏除，可采取一放一缩、一抬一压的修剪方法，使各个枝组占有一定空间，增加树冠的结果体积。

（五）大小年树的修剪

"大年"结果时，要重剪花多的结果枝组，轻剪或不剪花少或无花的结果枝组，尽量多保留叶芽。中、长果枝要多疏剪顶花芽和腋花芽；短果枝群上过多的花芽，健壮的可破顶（梨短枝不宜短截，短截后一般不萌发），衰弱的可疏掉，以减少花芽数量。修剪后全树的花芽留量，以占全树一年生枝（长、中、短枝）顶芽总数的30%～40%为宜。枝组上的一年生发育枝，需要增加分枝的可适度短截，其余的一般要缓放。主、侧枝外围枝头上的花芽要疏剪。

"小年"结果时，结果枝组花芽少、叶芽多。修剪时，应尽量多留花芽，可在花芽前部短截或在分枝处回缩，以提高坐果率。无花芽或花芽很少的健壮枝组，要多短截，少甩放；衰弱的无花枝组，要重回缩。枝组上的一年生发育枝要多短截、少缓放，减少花芽形成数量。"大小年"结果树，也可进行花前复剪。具体方法是：春季花芽萌动后，能清楚辨认花芽、叶芽时，进行修剪，以确保全树花芽留量适宜。花量较多的树，可多去花、留好花；花量少的树，要多留花，适当疏去无花枝条。

四、衰老更新期

梨树寿命较长，衰老期树通过加强管理还可恢复结果能力。通常梨树结果50～60年后，就会出现树势衰弱，主、侧枝残缺不全，内膛枝组枯死，结果部位外移，结果枝大量衰老，产量明显下降等现象。这时，应及时更新复壮。在更新复壮前，必须加强肥水管理，分年对部分骨干枝进行重回缩，以促进中、下部枝条的生长和萌发较多的徒长枝。同时，要对新萌发的徒长枝和一些多年生的发育枝进行适度短截，促其多发分枝，然后再有计划地把它们培养成新的主、侧枝头和各种类型的结果枝组。更新后的 2～3 年内尽量减少结果量，以促进新梢生长，增强树势。待树体复壮后，再让其正常挂果。

1. 骨干枝的更新复壮

更新前，应停止 2～3 年刮树皮，以免刮掉潜伏芽，影响发新枝。更新时，应从树冠的上层开始，然后到下层，并回缩到有良好分枝处的部位，待长出新枝后再调整方位。如果有可利用的背上直立枝，应尽可能加以利用。如果内膛出现大面积的光秃带时，可采用皮下接或腹接的方法，进行插枝补接。

2. 结果枝组的回缩复壮

梨树衰老时，结果枝组的延长头往往因结果过量而下垂，或先端衰弱无力。如果仅回缩个别小枝，就会导致复壮效果不明显。因此，应对一定数量的多年生下垂枝进行重回缩，回缩到有良好分枝处的部位，才能起到复壮作用。

对于已衰老、光秃、下垂的骨干枝，可选择适当部位回缩更新，有空间的地方应尽量利用徒长枝，培养成结果枝组，填补空间。短枝过多时应对部分短枝实行短截，使其抽枝复壮。在回缩大中型骨干枝时，应注意剪（锯）口下留"抬头枝"，同时对其下部的侧枝应进行相应回缩，以提高复壮能力。

第五节　生长季修剪

生长季修剪由于时间处于枝梢生长变化期，所以，能够根据枝、叶和果实生长的情况，采取有针对性的措施，及时调整和解决各种矛盾，保证生长结果的正常进行。正因如此，生长季修剪已越来越引起人们的重视。生长季修剪的主要方法有：刻芽、抹芽、疏枝、摘心、扭梢、拿枝、拉枝、环剥和环割等。

一、刻芽

刻芽也叫目伤。一般是指在芽的上方（0.5厘米处）或下方，用小刀横切皮层，呈半环状，切口深达木质部。一般在萌芽前，对缺枝部位进行芽上目伤，可促进萌发新枝。为了抑制某芽的生长，也可在此期进行芽下目伤。此外，对长放枝每隔10厘米进行段刻，可促生短枝，有利于花芽形成。

二、抹芽

抹芽多于早春梨树萌芽后，一般在芽长2～3厘米时进行。抹芽的原则是抹早、抹小、抹了。一般抹芽的主要对象是：新植幼树整形带以下发出的芽、幼树整形带内同主枝并生成重叠生长的芽、邻近骨干枝剪口上位的芽、弯枝弓背处与拉平枝背上的芽、根颈部的萌蘖、剪、锯口附近的萌蘖等。此外，梨树背上枝长势强、生长量大、生长时间长、影响光照、消耗养分，所以应及时除去。抹芽的主要目的在于节约养分，改善光照，提高留用枝的质量。但梨幼树由于枝叶量小，抹芽量不宜过大，有空间的可先留，待发枝后再变向改造。

三、疏枝

若未来得及抹芽，并已出现局部枝条密挤时，可在枝条生长期将其及时疏去。疏枝时间一般自5月下旬到8月下旬。此外，对生长期萌发的过密枝、竞争枝、徒长枝、直立枝、多余果台副梢等均应及早疏除，以节约树体养分和改善树体内膛光照条件。

四、摘心

摘心就是在新梢生长期，摘去最先端的嫩尖（3～5厘米）。摘心可以促进侧芽发育，刺激萌发副梢，减少营养消耗，促进芽体分化，提高成花率或坐果率。摘心的时间，可根据摘心的目的而定。如果是控制旺枝，一般可在新梢长至 20～25 厘米时，进行第一次摘心。当副梢长至 10 厘米时，再进行第二次摘心。前期摘心（5 月上中旬至 6 月上旬）可以促发分枝、加大分枝角、控制长势；后期摘心（6 月中旬至 7 月上旬）则可以增加发育量，促进芽体充实，促进花芽发育、减少无效消耗、提高果实品质。对于旺树、旺枝的摘心时间可以适当早些，摘心次数可多些。

五、扭梢

扭梢就是在新梢半木质化或新梢基部 5～7 厘米的部位，用手扭伤并使新梢上部弯曲，方向呈水平或下垂方向。扭梢可以减缓养分和水分的供给，减弱新梢生长势、促使其转化结果。经扭梢的新梢一般 1～2 周后受伤组织愈合，这样容易成花和结果。同时，不至于基部"冒条"，使木质部受伤。扭梢主要用于控制主枝背上的徒长枝。

六、拿枝

拿枝多在幼树的直立枝、竞争枝、强旺枝上进行，使其损伤输导组织，开张角度，抑制旺长。在 5～8 月份，用手握住 1～2 年生枝条，拇指向下慢慢压低，食指和中指上托，同时使枝头上下左右摆动。从基部开始弯折，做到响而不断。然后每隔 5 厘米弯折一下，直到枝顶。如果枝条过旺，可连续弯折几次，枝条即可弯成水平状或下垂状。拿枝可以改变枝条的姿势，缓和枝梢的生长势，促进花芽形成。

七、拉枝

拉枝对于削弱枝条极性生长、增加枝量、提高产量具有显著效果。据调查，10 年生苹果梨树拉枝处理后，枝量相当于对照的 2 倍，增产 50％以上。幼树拉枝在 6 月上中旬或 8 月中下旬进行效果较好，既能促进花芽形成，又能很快地固定角度。此期枝条较软，可根据不同树形对骨干枝角度的要求，通过拉枝、撑枝、坠枝和别枝等方法，使枝条改变方向和开张角度。梨树"夹皮角"较多，注意及早开张，并防止劈裂。对于徒长枝和辅养枝，一般拉枝角度要大些，以利缓和枝势，促进花芽形成。拉枝后，背上会出现较强的枝，注意及时控制或疏除。一般在生长季当枝条长至 60～80 厘米时，用绳子（最好用布条、尼龙条、化纤毛线等）拉开角度，一端固定在木桩上，另一端用活扣绑缚在新梢基部的 2/5～1/2 处。对易拉成弓形的枝条一般结合拿枝进行。

八、环剥和环割

环剥和环割适用于生长过旺、结果不良的梨树或大枝，应在树体旺盛生长期进行。环剥前要灌足水，以利伤口愈合。环剥时，可在大枝或主干适当部位先环切两刀，深达木质部，再取下两刀之间的韧皮部（树皮）。环剥宽度以枝或干直径的 1/10 为宜，一般 2～3 毫米。最宽不要超过 1.2 厘米。环剥时应注意以下事项：①环剥时避免对枝、干形成层造成损伤，不要用手触摸环剥口的黏液，环剥后用纸或塑料薄膜包扎伤口；②剥后 20 天内，对环剥口处不能喷抹波尔多液、有机磷农药；③环剥愈合期一般为 25～30 天。如果效果不明显或很快愈合，可在 1 个月后于环剥口附近再环剥一次，但两次剥口不能重叠交叉；④主干环剥时，若控制不好，则易死树或使树势严重衰弱，应慎用；⑤环剥对梨树花芽形成具有明显的促进作用，使用时结合开张角度效果更佳。

环割可用小刀或专用环割刀，将大枝或主干环切一周，切口深达木质部。环割所起作用的时间短、效果较差，但比较保险。如果一次环割收不到效果，1 周后可再割一次，但一次只能割一刀，尤其是在主干上不可 2～3 刀同时进行。

第五章 花果管理

花果管理是指直接对花和果实进行管理的技术措施，与果实产量和质量密切相关。现实生产中，常出现"幼树适龄不结果"、"大小年结果"、"优质商品果率低"、"落花落果严重"等问题，究其原因，常与花果管理措施采用不当有关。

此外，我国梨生产正处于从单纯追求产量到提高质量的转型时期。无论是国际市场，还是国内市场，都要求梨果质量安全、优质和富有营养，而果实质量的提高在很大程度上依赖于高水平的花果管理。

第一节 保花保果

对于梨幼树或"小年"成龄树，采取有效措施提高坐果率，使有限的花量得到充分利用，是减轻"大小年"的重要栽培技术途径。此外，即便是花量正常或偏多的梨树，如果遇到不良的授粉、气候或栽培条件，仍然有可能导致"满树花半树果"的后果。因此，必须根据具体情况，采取相应的保花保果措施。

一、提高树体营养水平

提高树体营养水平是减少过量落果的物质基础。主要应从三方面着手：一是加强土肥水管理，尤其是保证花期和幼果期肥、水的及时供应；二是加强叶片保护，及时有效地控制病虫害，提高叶片的光合效能；三是合理调节养分分配，如合理修剪调节枝果比或幼果期果台副梢摘心以及大枝、主干适时环剥、环割等。

二、创造适宜的授粉条件

建园时，应根据树种特性选择适宜的授粉组合以及配置方式，以保证授粉顺利进行。在授粉树不足或缺乏适当的授粉树时，可高接授粉品种。高接时，可按授粉树的配置比例，每株树上选几枝高接授粉品种，或在全园均匀选几棵树或选几行树全部高接。在缺乏授粉树或授粉树当年开花太少时，可在开花期采集授粉品种的花枝插在水罐或广口瓶中，挂在需要授粉的树上，如果开花期天气晴朗，传粉昆虫较多，一般有较好的授粉效果。挂瓶应经常调换位置，有利于全树坐果均匀。

三、梨园放蜂

（一）蜜蜂

梨园蜂箱设置数量因品种、树龄、地形、栽培条件及蜂群大小而不同。在梨树开花前 2～3 天，将蜜蜂引入梨园。一般平地梨园，每公顷需 1～2 箱蜂（1500～2000 头/箱），山地梨园可适当多放一些。蜜蜂活动范围多为 40～80 米。蜂箱最好散放在园内，蜂箱之间的距离以不超过 200 米为宜。要注意开花期的气候条件，一般蜜蜂在 11℃ 开始活动，16～29℃ 最活跃。在花期切忌喷农药，以防蜜蜂中毒死亡。放蜂期为了使蜜蜂采粉专一，可用果蜜饲喂蜂群，用梨树花粉泡水喷洒蜂群或于蜂箱口放置梨树的花粉，训练、提高蜜蜂采粉的专一性。

（二）壁蜂

可利用凹唇壁蜂和角额壁蜂，二者均耐低温，在气温13～14℃时开始飞行访花，但需要用泥筑巢。因此，要求梨园附近有水，或人工设置泥土（即在距巢箱约 1 米远处挖一深、宽40 厘米的坑，底上铺塑料薄膜，在坑一边放上黏土，每 3～4天加一次水）。紫壁蜂在气温 15～16℃时，开始飞行访花，用咀嚼烂的叶片筑巢，因此适于干旱山区应用。利用上述三种壁蜂时，均需要在田间人工设巢。一般每亩梨园放一个巢箱（体积为 20 厘米×26 厘米×20 厘米），每箱内有 300 管（长 16～18 毫米），箱底距地面 40～50 厘米。巢箱宜放在行间，巢前开阔，箱口应朝东南。箱下的支棍涂上废机油，以防止蚂蚁、蜘蛛等侵害。巢箱前，最好提前种些油菜、萝卜和白菜等，弥补前期花源不足。

壁蜂释放的时间应根据花期而定，一般于开花前 3～5 天，将蜂茧由 4～5℃ 的冰箱或果库中取出，装入制作好的蜂巢管内，每支蜂巢管装一头蜂茧，蜂茧头部朝向管口，管口用较薄的卫生纸封住，以利成蜂羽化出巢。放蜂量一般为 60～120头/亩，初果期的幼龄梨园和历年坐果率较低的梨园及结果小年，放 120～150 头蜂。一般分两次投放蜂茧，第一次在花前放 60%，第二次开花时再放 40%。

需要注意的是：在靠近其它果树（如桃、杏、李、苹果等）的梨园释放角额壁蜂时，壁蜂的回收率往往极低，影响下年再度利用。

四、人工辅助授粉

在我国北方一些梨园，往往由于花期阴雨、低温和大风，授粉品种稀少或无花，致使坐果率降低。生产上常采用花期人工辅助授粉来保花保果。常用的方法有掸授、人工点授和液体授粉等。

（一）花粉准备

花粉最好采自适宜的授粉品种，也可以应用多个品种的混合花粉。采花应在开花前 1～2 天至初花期，分次将已经充分膨大的花蕾和初开的花朵摘下。采花过早，花粉粒不充实，发芽率低；采花过晚，花朵开放，花药已经散粉。

采下的花运回室内，摘去花瓣，两手各持一花，将两花互相摩擦，使花药脱落。注意不要将花药碰破，否则花药不能散粉。然后，拣去花丝、花瓣等杂质，送到干燥室进行干燥散粉。大型梨园可直接用脱粉机取花粉。目前，河北省张家口市涿鹿果树场和延边农学院分别研制出花药电动脱药机，每 8 小时可脱鲜花 400 千克以上，较人工脱药效率有显著提高。

干燥室要求干燥、通风，室温保持在 20～25℃，最高不要超过 28℃，空气相对湿度为 50%～70%。把花药摊放在纸上（一般以硫酸纸最为适宜），越薄越好。一般经过 22～24 小时，花药即可开裂，散出黄色花粉。花粉干燥后，装入广口瓶内，放在低温、避光、干燥条件下保存，温度控制在 2～8℃。当年用不完的花粉，可装入瓶内，放入干燥器（内有硅胶），外罩黑布，然后置于 0～5℃ 的冰箱，其生活力可保持 2～3 年。

不同品种的梨花朵出粉率有很大差别。山东昌潍农校测定了 19 个梨品种的鲜花出粉率，其中以雪花梨出粉率最大，每 100 朵鲜花可出干花粉 0.845 克（带干花药壳）；晚三吉最低，100 朵鲜花仅出干花粉 0.36 克，尚不足雪花梨的一半。按出粉量的多少排列，出粉多的品种有雪花梨、黄县长把梨、博山池梨、金花梨和明月梨等；出粉量少的品种有巴梨、黄花梨、晚三吉和伏茄梨等；而栖霞大香水梨、砀山酥梨、槎子梨、香花梨、锦丰梨、早酥梨、苍溪梨和鸭梨等品种出粉量居中。

一般 1 千克鲜花（4000～5000 朵）可采鲜花药 130～150 克、纯净干花粉 10 克，能供生产大约 5000 千克梨果的花朵授粉。为了节省花粉，在花粉内可加入 1～5 倍滑石粉或淀粉作填充剂，过 3～4 次细筛，除去杂质，使其充分混合，然后分装小瓶备用。

近些年来，我国一些梨产区已经成立了一些专门制作花粉的公司，为梨授粉提供了极大的便利条件。大型商品梨园或来不及采粉的梨园，可以直接购买使用。由于购买的花粉一般是上年（或更长时间）保存的花粉，所以，购买时应确认花粉品种是否与授粉对象适宜以及花粉萌芽率是否能达到授粉的要求。

（二）人工点授

点授工具可选用细毛笔、橡皮头铅笔、软鸡毛、纸棒、香烟嘴、纱布团或小棉球棒等。其中纸棒最为经济和简便。纸棒可用旧报纸制作。先将报纸裁成 15～20 厘米宽的纸条；再将纸条卷成铅笔粗细，越紧越好；然后，将其一端削尖，并磨出细毛。点授时，用纸棒的尖端蘸取少量花粉，在花朵的柱头上轻轻一点即可。每蘸一次花粉可点授 5～7 朵花。纱布团也是较好的授粉工具，用小块棉花捻在竹签的一端，外包一层纱布，蘸花粉后在柱头上轻点一下即可。

点授时期与坐果率有直接关系，必须适期点授才能取得较好的效果。就一朵花而言，在开花后 3 日内授粉，坐果率最高，可达 80％以上；第四至第五天授粉，坐果率在 50％左右；到第六天授粉，坐果率在 30％以下，已失去实用价值。然而，由于全树的花不是在同一天开放，通常情况下，在初花期突击采花粉；盛花初期（开花 25％）便转入大面积点授，争取 3～4 天内完成授粉工作；第五至第六天进行扫尾，点授晚开的花朵。

点授花朵的数量，应根据每株树开花量而定。一般树上开花枝占 30％～40％时，每个花序点授 1～2 个基部花朵，即可满足丰产需要。花量少的树，每个花序可点授 2～3 朵；花量大的树（50％～60％），每隔 15～20 厘米点授一个花序，每个花序点授 1～2 朵即可。

（三）机械授粉

1. 喷粉

在花粉中加入 50 倍的填充剂（滑石粉等），在盛花期，利用喷粉机进行喷授。喷粉要求快速均匀，最好在 4 小时内喷完。

2. 液体授粉

将 0.5 千克砂糖放入 10 升水中，加入 30 克尿素，配成糖尿液。然后加入 20 克干花粉调匀，用 2～3 层纱布过滤。喷前加入 10 克硼砂和 10 毫升展着剂 6501，使花粉在溶液中分布均匀，迅速搅拌后立即喷洒。一般可用超低量手持喷雾器在盛花初期至盛花期喷布。一般每株盛果期的梨树花粉液用量为 0.2～0.4 千克。

（四）掸授或纱布袋授

掸授适用于授粉树较多、但分布不均匀，主栽品种花量少的梨园。用高浓度的白酒洗去鸡毛掸子上的油脂，晾干后将它绑在竹竿上。当主栽品种花朵开放后，授粉品种散粉时，先用毛掸（或在竹竿顶上绑新毛巾棒）在授粉树花上滚动蘸取花粉，然后再移到主栽品种花朵上方抖动，这样来回反复几次即可。纱布袋授粉方法是：将花粉与 50 倍的滑石粉或者淀粉混合均匀，装在两层纱布做成的袋中，绑在长竿上，在树冠上方轻轻振动，使花粉均匀落下。

五、叶面喷肥或生长调节剂

在 30％左右的梨花开放时，喷布 0.3％硼砂，可有效促进花粉粒的萌发；喷 1％～2％的糖水，可引诱蜜蜂等昆虫，提高授粉效率；喷布 0.3％尿素，可以提高树体光合效能，增加养分供应。据试验，花期喷布 20 毫克/升赤霉素，对提高茌梨坐果率有较好效果。但在使用生长调节剂时，必须先进行小范围试验，以免造成损失。

六、预防花期霜冻

在我国北方梨的开花期多在终霜期以前，花常受冻害而造成减产。当春季气温达到 10℃以上，梨花就会开放，14℃以上的气温连续 3～5 天就会盛开。茌梨在花序分离期若遇到 -5℃低温，可有 15％～25％的花受冻。茌梨边花各物候期受冻的临界温度分别为：现蕾期 -5℃，花序分离期 -3℃，开花前 1～2 天 -2～-1.5℃，开花当天 -1.5℃。鸭梨比茌梨抗冻性稍强，各物候期受冻的临界温度比往梨低 0.3～0.5℃。

对于大多数梨品种，如果花期突然遇到晚霜，气温下降到－1～3℃，就容易使梨花遭受冻害。根据观察，花最易受冻的器官为雌蕊，其次是雄蕊和花瓣，最后是花萼。不同品种抗冻性有所差异。京白梨比鸭梨抗冻，鸭梨比往梨抗冻，晚开花的品种受冻害较轻。预防霜冻的措施主要有以下几个方面。

（一）正确选择园址

第一，尽量避免在风口及低洼地等易于发生霜冻的地带建梨园（图 5-1），这是预防霜冻的最积极的措施；第二，在有发生霜冻危害的地区，要选择抗霜冻能力强、花期较晚、生长期短的品种，如绿宝石、玛瑙、秋黄、满丰等；第三，要在建园前营造好防护林带，以便充分发挥林带的防护作用。

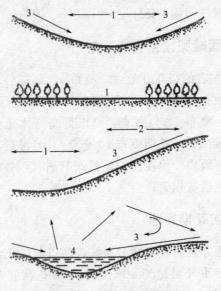

图 5-1　霜害地与无霜害地图解
1—霜害地带（霜穴）；2—无霜害地带；3—冷气流；4—暖气流

（二）推迟萌动，躲避霜害

用萘乙酸钾盐（250～500 毫克/千克）或顺丁烯二酸酰肼

118

（MH，0.1％～0.2％）溶液在萌芽前或秋末喷梨树，可以推迟芽萌动7～10天。秋季喷布50～100毫克/升的赤霉素，可以推迟花期8～10天。早春采用灌水降低地温，树干涂白或用7％～10％石灰水喷布树冠等措施，均可达到降低树温、推迟萌动期的目的。萌芽前至开花前灌水2～3次，一般可延迟开花2～3天。

（三）梨园熏烟

当有霜冻预报时，可在梨园准备熏烟保护。一般根据风向，在上风向处选择堆积适宜地点。堆积熏烟堆时，在预定发烟地点，先立一木桩，再与其呈十字横放一木桩，然后将准备好的发烟材料干湿相间，堆放在木桩周围。最后，在堆的外面，盖一层薄土。烟堆高度一般为1～1.5米，堆底直径1.5～2米，每亩堆3～4堆（图5-2）。点火前将两根木桩抽掉，用易燃材料放入近地面的孔内点燃。当夜间气温降至临界温度前（2℃）开始点火。如果烟堆燃烧太旺，可将烟堆稍微踏紧，或上面再盖一些土，使其大量发烟。近年来，一些梨园利用防霜烟雾剂防霜效果也很好。防霜烟雾剂配方是：硝酸铵20％～30％、锯末50％～60％、废柴油10％、细煤粉10％。硝酸铵、锯末、煤粉越细越好。于降霜前点燃，一般熏烟1小时可提高梨园温度1～1.5℃。

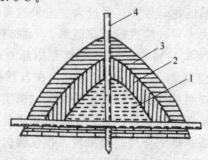

图5-2 发烟堆堆制方法

1—干发烟物；2—湿发烟物；3—土；4—木杆

（四）梨园喷水

在霜冻发生的夜晚，有喷灌条件的梨园当夜间气温降至临界温度前开启喷灌系统，直接往梨树冠上喷水，水遇冷凝结放出潜热，能提高梨园温度，并可增加湿度，减轻霜冻危害。

（五）增强树势

加强综合栽培管理技术，提高树体贮藏营养积累水平，避免大小年结果，可以在一定程度上提高梨树自身的抗霜冻能力。

（六）喷防霜冻剂或激素

在有发生霜冻危险的地区或年份，可以在花前期喷甲壳丰600～800倍液或天达2116防冻剂500～600倍液。注意喷药后能使果实提早成熟7～10天，应结合当地的实际情况和是否需要来具体实施。此外，开花前或受冻后喷布10000倍0.1%芸苔素481溶液，也具有良好的预防或修复效果。

此外，发生轻微冻害后（花托未冻坏），可以喷布50～100毫克/升赤霉素溶液提高坐果率，或者喷布35～50毫克/升吲哚乙酸溶液诱发单性结实。

第二节 疏花疏果

梨一般容易成花，故在花量过大、坐果过多时，为提高果实品质和防止大小年，应进行疏花疏果。一般当梨树的花枝超过总枝量的50%时，可在花期采取疏花措施，疏花后，留下的花枝以占总枝量的30%～40%为宜。在自然条件下，每年总有一部分梨树结果过量，致使树势衰弱，果实品质下降。因此，疏花疏果是合理调整负载量，保证果实质量，克服大小年结果的主要措施。确定合理的留果量，不仅能保证梨树当年树体健壮、枝叶正常生长、花芽分化良好、果实优质和高产，而且能够为来年继续实现优质和稳产奠定基础。要达到上述目的，核心问题是使营养物质的生产与消耗达到相互平衡。

生产实践中，留果量是否适宜主要看果实能否达到某品种的固有大小和商品要求。一般梨果偏小主要是超负荷造成的；相反，果实个大而数量太少时，则说明留果太少或其它因素影响了坐果，都是负载量不足的表现。只有当果实达到"优质"标准，且产量能够连年稳定时，才能说明留果量适宜。

一、合理负载量的确定

确定合理的留果量，是克服梨树大小年结果、提高梨果品质的重要技术措施。但是，欲达到上述目的，应根据梨园的具体情况，确定最后的适宜留果量。实际上有很多梨园，虽然每年都在搞疏果和定果，但由于标准和尺度掌握不好，往往达不到理想的效果，导致大小年现象仍有发生。

目前我国梨果生产上，采用的留果指标有多种，如干截面积法、干周法、果间距离法、枝果比法（冬季）、梢果比法（生长季）、叶果比法、枝组基部粗度法、果台副梢法、百枝留果量法等。对于一个既定梨园，在多年实践的基础上，连续沿用某一种标准，一般都可达到比较理想的目的。如河北农业大学梨课题组研究提出，河北省中南部梨区生产 3000 千克/亩优质鸭梨的盛果期梨树，适宜留果量的综合指标是：叶果比25～30，百枝留果量为 30 个，结果枝与总枝量的比约为 0.3，果间距 25～30 厘米，每花序留单果。

但是，对于一个比较生疏的梨园，假如单纯采用某一指标指导疏果，其局限性就会明显暴露出来，而且，一般难以达到理想的目的。究其原因主要在于：不同梨园品种、树龄、树势、栽植密度、整形修剪方式、立地条件、生产管理水平等差异较大，而这些因素都直接关系到适宜留果量的确定。根据笔者多年的技术培训和实践经验，采取下述"综合指标法"确定梨园留果量，具有广泛的地域适应性和良好的效果。

1. 确定梨园产量水平

通过各种途径了解近年该梨园产量和管理基本情况（如产量、浇水和施肥量、病虫害、果实品质等），同时，根据专业知识判断该园生产潜力（如品种、树龄、树势、果园覆盖率、树体结构、枝量、花量、立地条件、土壤肥力、管理水平等）。在此基础上，根据"稳产、优质、高效"的原则，确定该园当年合理的产量水平。

2. 产量分解

确定适宜的单位面积产量水平后，根据栽植密度，将产量具体分解到单株上。假设亩产量确定为 3000 千克，若栽植密度为 3 米×5 米（每亩 44 株），那么，每株树产量应该为：3000 千克÷44 株＝68 千克。

3. 计算单株留果量

根据不同品种优质果的单果重，计算出单株留果量。比如某品种平均单果重为 0.25 千克，那么，单株留果量应该为：68 千克÷0.25 千克＝272 个。

4. 增加保险系数

考虑到留果后，还有一部分生理落果或自然灾害和病虫害落果，所以，为保证预定产量，单株实际留果量需要增加10%左右。还以上面假设梨园为例，如果设 10% 保险系数，实际单株留果量为：272 个＋272 个×10%＝300 个。

5. 单株疏果试验

在园中选择有代表性的植株作为试验树，先数清全树幼果数量，然后，根据果实在树上的分布情况和实际留果数，确定一个大致的留果距离（如 1 个果/25 厘米、1 个果/2 个花序）。按此标准疏果后，如果树上留果数与预留指标出入较大，则需要进一步调整留果标准，疏除多余果实，直至该"标准"能够接近或达到预留果数为止。

6. 该园留果方法的确定

根据上述初步试验，基本确定该园条件下大致的留果距离和疏除标准。选择若干示范树，按此距离进行疏果。如果疏除结果比较接近预留指标，则可将此留果距离确定为当年该园留果标准。实际疏果时，允许果农根据梨园不同植株树势、树冠大小、花量等差别进行微调。

7. 制订综合配套管理措施

疏果后，应根据往年产量及当年留果量，参考往年管理情况，制订切实可行的配套栽培管理技术，主要包括花果管理、施肥、浇水、病虫害防治等，以保证高产、稳产、优质目标的实现。

二、疏花

(一) 时期

疏花时间宜早不宜迟，一般多在花蕾分离期至落花前进行。就节省养分的效果而言，疏花不如疏蕾。梨疏花宜在花序伸长期至盛花初期。

(二) 方法

1. 人工疏花

当花蕾分离并与果台枝分开时，按留果标准，每果留一个花序，将其余过密的花序疏掉，保留果台。凡疏花的果枝，应将一个花序上的花朵全部疏除，这样发出的果台枝，在营养条件较好的情况下，当年就可形成花芽。疏花时，用手轻轻掰掉花蕾，不要将果台芽一同掰掉。应先疏去衰弱和病虫危害的花序，以及坐果部位不合理的花序。对于需要发出健壮枝条的花芽，如目伤部位的顶花芽，应及时将花蕾疏除。总之，疏花应本着弱枝少留、壮枝多留的原则，使花序均匀分布于全树。河北中南部梨产区疏花标准：中果型的鸭梨等品种幼树每隔15厘米留1个花序；盛果期梨树20厘米留1个花序；老弱树25厘米留1个花序。而大果型雪花梨等品种间隔距离则需大些。

2. 化学疏花

化学疏花省时省力，一般在盛花期过后，喷药杀死晚开的花朵，在国外梨生产上有所应用，但国内仍处于试验阶段。常用的药剂有石硫合剂（0.3～0.5波美度）、萘乙酸酰胺（NAD，150～300毫克/升）、Bendroguinone（2-亚氨挂苄基-3-羟基-1,4-萘醌，5～10毫克/升）、萘乙酸钠（400毫克/升）、萘乙酸（20毫克/升）等。据美国的生产经验，可在落花时树上喷萘乙酸酰胺，树势弱的用25毫克/升，中庸的用35毫克/升，树势强的用45毫克/升。据日本试验，自基部第一朵花开放时起1～2天内喷5～10毫克/升Bendroguinone溶液，效果很好，3天以后，要增加浓度。但是，化学疏花具有一定的风险性，气候因素对疏除效果影响很大，有些药剂对某些品种无效，且一般疏除效果难以达到"尽如人意"。再有，喷布生长类调节剂（如萘乙酸等）有时会造成梨果萼片宿存数量增多，影响果实品质。因此，梨的化学疏花应谨慎使用。大面积应用时，一定要先做小面积试验确认疏除效果。

三、疏果

1. 时期

疏果一般从落花后一周开始，在盛花后30天内完成为好。疏果应根据不同品种坐果数量和坐果特性，分期、分批完成。通常，易坐果和坐果多的品种，可早疏果、早定果；易落果的品种，要晚疏果、分次定果。

2. 方法

由于梨落果不严重，一般生产上只疏一次果。用疏果剪剪掉畸形果、小果、病虫果、受伤果，保留大果、长形果和端正果。一般只留单果，尽量保留边果（花序基部第1～3位果），不套袋的梨树，花量不足时，可有20%～30%花序留双果。

疏果时，树冠内膛和下层要多留、少疏；树冠外围和上层要多疏、少留；辅养枝多留，骨干枝少留；强枝多留，弱枝少留；大中型结果枝组多留，小型结果枝组少留；花果数量多、树势较弱时，要把骨干枝前部 1～3 年生部位的花果全部疏除。一般果间距离可掌握在 15～20 厘米。如果按叶果比计算，一般鸭梨 15～20 个叶片留 1 个果，雪花梨为 20～30 个叶片留 1 个果，西洋梨 20～30 个叶片留 1 个果，日本梨为 10～15 个叶片留 1 个果。

第三节　果 实 套 袋

目前梨果套袋已经成为我国生产优质、高档商品果的重要技术，在我国生产上广泛应用。套袋可以显著提高梨果外观品质（果面美观洁净）、减少石细胞、减少果实污染和病虫害、节省打药成本（河北梨主产区一般可减少喷药次数 4～6 次）、增加果实耐贮藏性，但对于梨果内在品质有一定负面影响（含糖量降低），也容易诱发某些生理病害（如套袋果黑点病、苦痘病、黄冠梨鸡爪病等）。

一、套袋时间

套袋应在落花后 15～45 天进行，以疏果后立即进行为宜。因为果点形成期于落花后 15 天即开始，如套袋太晚，果点较大，果实颜色也变深。套袋时间应在晴天上午 8:00～12:00 和下午 3:00～6:00 为宜。在晨露未干、傍晚返潮和中午高温强光时不宜套袋；在雨天、雾天也不宜套袋。黄金梨等品种易感果锈，应套 2 次袋。小袋（7 厘米×6 厘米）在 5 月 10～15 日套袋，大袋（14.2 厘米×17.3 厘米）在 6 月 20～25 日套袋，丰水、新高等黄色品种在 6 月 20～25 日套一次双层大袋（16.5 厘米×18.9 厘米）即可。

二、套袋前准备

套袋前要按合理负载量要求认真疏果，留果量比应套袋量适当多些，以便套袋时有选择余地。套袋前喷杀虫、杀菌混合药剂1~2次，重点喷果面，用药主要针对梨黑星病、轮纹病及黄粉虫、康氏粉蚧、梨木虱等。通常可用70％甲基托布津800倍液、2.5％高渗吡虫灵2000倍液和5％阿维菌素3000倍液。如喷药后3天之内仍未完成套袋，余下果应补喷一次，再套袋。

三、果袋的种类及选择

目前，梨果生产上袋的种类繁多。根据果袋的颜色，可分为外黄内黑、外黄内白、外白内黑、外黄内褐、外黄内红、灰黑袋、白袋、黄袋等。根据果实袋的层数，可分为单层袋、双层袋和三层袋（内层为白色软衬纸）等。按照质地，可分为膜袋和纸袋；按照大小，可分为大袋和小袋。小袋一般坐果后即套，可有效防止果点和锈斑的发生，当幼果体积为小袋所不容时，换套大袋（带捆扎丝的小袋需解除，带糨糊的不必解除，日后会自行撑破）。按照杀虫、杀菌剂涂布情况，可分为防虫袋、杀菌袋及防虫杀菌袋三类。由于市场上果袋质量良莠不齐，价格差异很大，使用时应慎重选择。重点应考虑果袋纸的质量（耐磨性、耐水性、耐晒性和防虫性）、透光率以及通风透水孔的开张度。如果袋型选择不当，有时套袋后会造成巨大的经济损失。

1. 褐皮梨品种

一般情况下，褐皮品种（如新高、圆黄等）宜一次性套内黑外灰黄或内黑外黄的双层果袋，套袋后，梨果的皮色由褐色、粗糙变成淡褐色或褐黄色、细腻、洁净。

2. 绿色品种

绿色品种（如绿宝石、西子绿、雪青等）套袋后要求果面乳黄色或金黄色的，应选择白色小蜡袋加外黄内黑、外灰黄内黑的双层袋，第一次套小蜡袋，第二次套外黄内黑的双层袋，相距时间一般为 30～40 天；商品果要求淡绿色的，可将二次套袋改为外黄内白或外黄内黄的双层专用袋，套袋后的梨果既保留了原品种的绿色色调或色相，又使果面细嫩、美观。此外，直接套一次性外黄内黄、外黄内白的大袋也可得到淡绿色梨，但套袋时间应适当早一些。

3. 黄色品种

黄色品种（如早生黄金、翠玉、琥珀、玛瑙等）用高张度防水单层牛皮纸专用袋，就可以达到皮质细嫩的效果。有些商品价值高的品种也可采用外黄内白或外黄内黄的双层袋。

4. 红色品种

红色品种（如紫巴梨、早红考密斯、红考密斯等）可套外黄内黑或外黄内红的双层专用袋，满天红、红酥脆等品种还可套外灰内黑的单层袋，在采收前 15～30 天脱袋，即可变成美丽娇嫩的鲜红色，果面细腻。

四、套袋方法

套袋顺序为先上后下、先里后外。每个果台只留 1 个果，每个果套 1 个袋。套袋前，将整捆果袋放于潮湿处或袋口喷水，使之返潮变得柔韧好用。选定幼果后，小心地除去附着在幼果上的花瓣及其它杂物。

1. 套纸袋

把手伸进袋中，使全袋膨起，使袋底两角的通气放水孔张开。然后一手抓住果柄，一手托纸袋，把幼果套入袋口中部，再将袋口从两边向中部果柄处挤摺，当全部袋口叠折到果柄处后，于袋口左侧边上，向下撕开到袋口铁丝卡长度，最后将铁丝卡反转 90°，弯绕扎紧到果柄上，注意不要套绑在果台枝上，也不要扎得过分用力，以防卡伤果柄，影响幼果生长。套完后，用手往上托一下袋的中部，使其全部膨鼓起来，两底角的出水孔张开。幼果悬空在袋中，不与袋壁贴附，可防止蝽蟓刺果以及药水和菌虫分泌物污染梨果。套袋时应注意：①切不可将捆扎丝拉下；②捆扎位置宜在袋口上沿下方 2.5 厘米处；③应使袋口尽量靠上，接近果台位置，果实在袋内悬空，以防止袋体摩擦果面；④扎袋口不宜太紧，以免伤害果柄，也不宜太松，以免害虫、病菌、雨水和农药进入果袋；⑤切不可将叶片等杂物套入果袋；⑥风大地区或容易落果的品种，套袋后用手握果袋中部，使之变小，可以减轻风害损失，也可减少对树冠叶片的遮阴；⑦为便于梨果套袋后的统一管理，最好全园套袋、全树套袋；⑧易发生台风的地区，可将果袋口绑在小枝上，以增加抗风力。

2. 套塑膜袋

用厚度 0.005 毫米的聚乙烯薄膜制作，果袋抗老化时间应在 150 天以上。根据品种确定膜袋大小。袋面上有若干透气孔，袋底部两角和中间留有 3 个 2~3 厘米的排水透气口。塑膜袋性能要求：开口容易，不黏手，不贴果（无静电现象）。袋口的开口方式有全开口、半开口、半开口自带绑条等多种形式。套袋时间可在花后 30 天进行。

先将 50~100 个塑膜袋用双手对搓几下，将袋搓开，捆在腰间。把绑扎物（可用撕成条、用水浸湿的玉米棒苞皮或 24 号铁丝、细漆包线）用橡皮筋绑在左手的手腕上部。双手把袋撑开，先向袋内吹气，使之膨胀后用手挤压袋体，鼓开袋的排水口，随后将果袋套住幼果，把果袋口聚拢在果柄周围，确保幼果悬在袋中间，用绑扎物或用袋上自带的塑料条把袋绑扎于果柄基部，以不太紧、虫、水进不了袋内为宜。

五、除袋

一般黄色、绿色、褐色品种，采收前不去袋，带袋采收运回分级场再行脱袋。但是，对于红皮梨品种，必须在采前一段时期除袋，才能着色。一般红皮梨可在采收前 10～30 天除袋，着色适宜时及时采收。因为有的红皮梨品种（如满天红）在树上时间太长，果实颜色会变重（暗红色），时间再长甚至颜色会逐渐消褪，因此，在华北产区一般除袋后 10 天左右即可采收。

如果套双层或三层袋，为防止日灼，可先去外袋，将外层袋连同捆扎丝一并摘除，靠果实的支撑保留内层袋，过 2～3 个晴天后再去除（遇阴雨天需延长保留内袋天数）。保留内袋期间果实能通风和透光，同时又避免了强光直射，可使果实迅速适应外界环境而不致被阳光灼伤。

为防止日灼和有效促进着色，摘袋的时间应选在晴天，最好在晴天果实温度已升高时进行，一般从上午 10 时到下午 4 时，午后 2～4 时摘袋发生日灼病最少，因为此时袋内外温度差别不大，果实温度较高，蒸腾作用较强。如果有条件，上午重点摘除背阴面的果实（树冠的东侧和北侧），下午重点摘除树冠南侧和西侧的果实。除袋时按照先上后下、先内后外的操作顺序，动作要轻柔，最大限度地避免碰落和损伤果实。

六、辅助配套措施

（一）增施肥料

通过套袋的梨果含糖量一般会降低 1% 左右，为了提高果实品质，在果实膨大期，可增施磷钾肥，如叶面喷施磷酸二氢钾，能有效地提高果实含糖量。套袋的果实，缺钙现象比较突出，所以在套袋前，应喷 3～4 次钙肥。

（二）除袋检查

套袋后，应经常进行田间随机开袋检查。如果发现问题（如袋内有黄粉虫、梨木虱、康氏粉蚧等危害，或出现黑点病、日烧、萼洼变黑等症状)，要及时采取措施补救。

（三）摘叶和转果

摘袋后至采收前的着色期要进行摘叶、转果、铺设反光膜，使果实着色均匀一致。摘叶量以摘除全株叶片的 15％～20％较为适宜，重点摘除树冠中上部影响光照的长枝、徒长枝叶片以及覆盖在果实上直接挡光的叶片。摘叶时应用剪子，保留叶柄，以免影响芽子发育。摘叶后由于光照条件的改善和全株水分蒸腾量的减少，果实更易发生日烧现象，在着色期如遇高温干旱应注意预防。另外，树冠东南部和南部的果实摘叶程度宜轻一些，果实上方宜保留一些不直接挡光的叶片，以防日灼。

摘叶可在摘袋后的 4～6 个晴天后与转果同时进行，以减少操作步骤，避免碰落果实。转果就是把果实的自然阴面转到阳面，以增加阴面的着色。可利用透明胶带使果实固定在相邻的枝上。摘叶、转果操作要按照"先上后下、先内后外"的顺序，动作要轻柔，最大限度地避免碰落和损伤果实，减少损失。

（四）铺设反光膜

铺设反光膜可解决树冠下部果实和果实萼洼部的着色。摘叶、转果后在树冠正下方铺一层银灰色反光膜，改善树冠下部光照状况。铺膜前应先平整树盘，保护反光膜，以便来年再利用和提高其反光能力。

第四节　提高梨果品质的技术措施

一、控产增质

目前，我国梨果生产正在经历由数量型到质量型的转变。尤其是北方地区一些管理较好的梨园，能够超过 4000 千克/亩的丰产园很多。然而，实践证明：这样的梨园多数果实品质难以提高。因此，在河北梨区，为提高梨果质量，提出 3000 千克/亩的控产指标。同时，对不同品种单果重、商品果率、可溶性固形物含量、果实硬度等都提出相应的质量标准。如优质商品果率应达到 80％以上。可溶性固形物含量鸭梨、黄冠梨达到 12％以上，黄金梨达到 13.5％，糖酸比大于 45∶1。

二、适时采收和分期采收

采收期的早晚，直接影响果实的产量、品质以及贮藏性。采收过早，果实个小，可溶性固形物含量低（表 5-1），贮藏中易皱皮萎缩；采收过晚，果实硬度下降，贮藏性能降低，树体养分损失大，来年容易发生大小年结果现象和减弱树体的越冬能力。所以，应根据实际需要和目的，确定最适宜的采收期。有些梨品种，同一树上果实成熟期并不一致，应分期采收。为弥补套袋果含糖量有所降低的缺陷，套袋果一般应比不套袋果晚采 1 周左右。

表 5-1 鸭梨不同采收期对果实产量和品质的影响

采收期（月/日）	单果重/克	种子颜色	可溶性固形物/%	总糖含量/%	糖酸比	果肉	风味
9/1	164.0	白褐色	10.1	6.67	33∶1	酥脆	较甜酸，无香味
9/15	198.6	黄褐色	10.8	7.75	37∶1	酥脆	酸甜适口，微香
9/20	216.3	褐色	11.8	8.92	53∶1	更酥细	很甜，香味浓

三、科学施肥

目前，我国主要梨产区普遍存在土壤有机质含量低、施用氮肥偏多、缺磷钾比较普遍的现象。如河北省赵县梨区，土壤有机质含量仅 0.5％～1.0％，水解氮 40～50 毫克/千克，速效磷 13～30 毫克/千克，速效钾 30～80 毫克/千克。在这类土壤上生产的鸭梨平均可溶性固形物含量8%～9%，雪花梨为10%～11%，平均单果重分别为160～180克和190～250克。通过增施有机肥和磷钾肥，控制后期氮肥和灌水量，鸭梨和雪花梨的可溶性固形物平均含量分别达到10%和12%，平均单果重分别达到170～195克和210～300克。河北农业大学通过多年研究，提出了河北中南部产区优质丰产梨园施肥方案（参见第三章）。

四、控制采前灌水

水分是梨果生长发育所必需的，但如果浇水过多，尤其是采收前为增加果重灌水，则会明显降低可溶性固形物含量，使风味变淡，贮藏能力降低。据河北赵县对雪花梨的调查，采收前浇水，果实可溶性固形物含量为9.8%～10.7%；而采前不浇水，果实可溶性固形物含量为11.5%～12.6%。据河北省农林科学院昌黎果树研究所测定，雨季以后至采收前节制灌水，雪花梨三年平均果实可溶性固形物含量为12.38%，为对照（11.5%）的107.65%，果肉硬度平均为5.79千克/厘米^2，为对照的103.2%，耐贮能力也有相应提高。上述结果均证明：采前控制大量浇水是提高梨果含糖量的有效措施。但在梨果膨大期，当雨少干旱危及果实发育时，应适当灌水以解急水之需，否则，将会明显影响产量。

五、改良树体结构

改善梨园和树冠内膛光照条件，有利于提高梨果风味和外观品质。光照条件与果实品质有密切关系。三年测定结果表明：光照条件良好的梨园与光照不良者相比，平均可溶性固形物分别为12.3%和11.53%，可滴定酸分别为0.136%和0.117%。由此可见，合理调整树体结构，改善光照条件是提高梨果品质的有效途径。调整树体结构，应根据不同梨园群体和个体光照情况以及目标产量和质量要求而定（参见本书第四章和第六章）。

六、应用生长调节剂

（一）促进果实膨大

1. 果柄涂抹膨大素

在梨盛花后 25～40 天，用浓度为 3000 毫克/升的 GA_4 羊毛脂膏剂 20～30 毫克，涂于果柄，不仅可增加单果重，还可使果实提早成熟。中国农业科学院郑州果树研究所研制的"梨果早优宝"，在绿宝石、早美酥、新世纪、黄金梨等早中熟品种上使用，单果重增加 30%～54%，成熟期提前 7～10 天。目前在生产中使用的 GA 涂剂为 GA_3、GA_4 和 GA_7 的混合剂，如果再加入 50 微升/升浓度的 IAA，增产效果更好。然而，果柄涂抹"膨大素"会加重果肉的沙化程度，明显降低果实耐贮性。

2. 喷布碧护

"碧护"（VitaCat）是根据"植物化感"原理，由德国生产的集天然激素、类黄酮、氨基酸等成分于一体的新型植物源复合平衡生长调节剂。在国外农业生产上应用已经有十几年的历史，近年来引入我国。据河北农业大学梨课题组试验，果实生长期 5 月和 7 月喷布 2 次 15000 倍的碧护，黄冠梨果实纵径和横径比对照分别增大 10.94% 和 9.22%，单果重提高 32.84%，含糖量提高 1 度以上。

（二）促进果实成熟

采收前 20～30 天用乙烯利处理，可以促进果实成熟。早酥梨在正常采收前 18～25 天，果实横径达到 55～60 毫米时，对果实喷洒浓度为 50～150 毫克/升的乙烯利溶液，可提早成熟 14 天。二十世纪梨在采前 25 天用浓度为 250～500 毫克/升的乙烯利溶液处理，可提早成熟 15～20 天。

（三）促进果实增色

用浓度为 1000 毫克/升的乙烯利溶液，在采果前 30 天喷施，能有效增加着色。此外，在采果前 40 天内，每隔 10 天喷一次 1500～2000 倍的增红剂 1 号液，不仅能使梨果提前着色、提高着色指数，还能明显增加果实含糖量。

（四）改善果形

在盛花期或盛花后两周，喷洒浓度为 25～50 毫克/升的 CPPU（吡效隆），可增加苹果梨、满天红梨等品种的果形指数。对库尔勒香梨在花蕾露红期喷布浓度为 600 毫升/升的多效唑。可使突顶果由 83.8% 降至 8.7%，果形指数由 1.25 降至 1.05，多数果实由纺锤形变为宽卵形，多效唑控制茌梨和罐梨突顶果，也有类似效果。

（五）减少"公梨"

所谓"公梨"是指梨果的萼片缩存或残存，并形成突顶，商品价值大大降低，在库尔勒香梨、砀山酥梨、红香酥等品种上发生普遍。幼果脱萼特性主要受幼果中激素的调控，合理应用生长抑制剂和细胞分裂素是减少"公梨"的重要途径。试验表明：盛花期喷布 50 毫克/升 PBO 或 PP_{333} 可以促进萼片脱落，显著减少"公梨"的数量。

七、特形果生产

选择适宜品种，根据市场喜好制作硬质透明塑料模具。模具由两个半片组成。在幼果发育期，将梨放在模具中，边缘用螺丝固定，使梨果在模具中长大成形。特形果可迎合少数消费者的"新奇"心理，具有一定的市场开发价值。

八、病虫害综合防治

梨果的外观和内在质量都会影响梨果的经济价值，而加强病虫害防治，最大限度地提高好果率是提高梨果外观及内在质量的重要途径。危害梨果的病虫害不仅种类繁多，而且危害时期长，因此，梨园经营者必须根据本园情况不失时机地采取各种有效措施，把病虫果率压到最低限度。具体防治方法可参阅本书第七章。

第六章 低效梨树高接改造

近些年来，随着生产的发展和市场需求的变化，梨新品种不断问世，我国梨品种更新速度明显加快。然而，梨幼树生长较慢，如果把原来的老品种全部刨除，重新建园，收益较慢。而通过高接改换低产、劣质、低效品种，是迅速实现良种化、提升梨果生产水平、节本增效的快捷途径。通常高接后第二年就可结果，第三年树冠可以恢复原状，并达到或超过原有的产量。一般高接对象以 30 年生以下的树龄为宜，树龄过大、树势衰弱的梨树高接，一般效果不够理想。

第一节 高接时期及方式

一、时期

梨树高接可分为枝接和芽接两种，以枝接为主。枝接多在春季树液流动时进行，北方梨区一般为 3 月下旬至四月上旬。此时树体养分损失最少，高接成活率最高，而且高接成活后当年枝条生长量大。高芽接原则上整个生长季均可进行，但一般以秋季芽接应用较多，而且多用于零星树高接换种或枝接未成活时补接。

二、方式

根据不同砧龄、高接部位和高接头数一般可分为主干高接、主枝高接和多头高接三种。

（一）主干高接

主干高接又称腰接，一般多用于培养抗寒或抗病砧干或新栽幼树。砧龄 1～2 年生时，在树干距地面 50～70 厘米处剪断，嫁接上栽培品种。为使高接树树势早恢复、早结果，还可采用弓背高接法，即将砧木拉弯呈弓状，然后，在弓背处枝接或芽接栽培品种。原品种的枝条萌芽后，在接口以上的枝条每隔 20 厘米左右环割一圈，以刺激其芽的萌发。另外，对原品种要采取控长促花措施。这样，不但嫁接品种生长良好，而且原品种也很快结果，以后根据生长结果状况逐步回缩。

（二）主枝高接

主枝高接又称骨干枝高接，即在各主枝上进行嫁接，一般多用于 3～5 年生幼树。高接时，根据所采用的树形、高接树的生长状况确定适宜的主枝进行嫁接。如计划采用纺锤形、多主枝自然开心形或小冠疏层形，就要根据该树形的要求确定主枝位置。确定嫁接部位时应分清主次，高低有别，使高接后的树体仍能保持良好的从属关系。有中心干的树形，中心干的嫁接高度应高于主枝的嫁接高度，使中心干保持优势。

（三）多头高接

除了主枝外，对树上的侧枝及结果枝组也同时进行高接的嫁接方法称为多头高接。这是初果期和盛果期大树改换品种时常用的高接方式。它具有以下四个优点：一是可充分利用原树的骨架，接头多，树冠恢复快；二是可充分利用树膛内部的光秃部位，插枝补空、大量生枝，增加结果面积；三是伤口愈合容易，高接方法多种多样；四是能够早果早丰。实践证明：多头高接是大树高接换优的适宜方式。

第二节　高接准备及方法

一、高接前的准备

（一）制订高接计划

高接前，应根据梨园树体的具体情况统筹规划。由于目前我国梨区许多高接园存在梨园树体郁闭和树体结构不合理的问题，所以，在进行高接时，提倡"高改三合一"。即"改品种、改密度、改树形"紧密结合起来，一次完成。这样，就要求高接前能够统一规划，按照高接后的密度和树形进行骨架整理，密植园分开高接株与临时株，并同步制订相应的高接后管理技术。此外，高接前还应根据不同情况安排好授粉树的搭配。

（二）加强管理

高接前一年，要加强土肥水管理，加大外围枝的疏除量，控制产量，搞好病虫害防治，以利提高高接成活率和促进高接枝健壮生长。高接前，应适当施肥和灌水，促进根系吸收和树液流动，有利于提高愈伤组织的愈合能力。

（三）骨架整理

对于树冠紊乱、内膛光秃、枝条生长细弱的大树，应根据树形结构和枝组配备要求，进行骨架整理。尽可能选出方向好、角度比较适当的主、侧枝和辅养枝截头嫁接，要求各级骨干枝从属关系分明。一般要求接口砧枝直径不要超过3厘米，以便于接口尽早愈合。缺枝的部位将来直接进行打洞插皮腹接。

每株砧树接头的多少以树冠大小或原树体结构而定。一般幼树（5～10年生）15～45个；成龄树（11年生以上）45～120个。选砧枝光滑部位截断，用快刀将锯口削平。

骨架整理后，常常会去除一些无用大枝，造成一些大伤口，若不及时保护，往往会影响伤口以上接头高接成活率。所以，应及时涂抹调和漆加以保护，以便防干、防水、防病。

（四）接穗准备

1. 采穗母树的选择

采穗母树必须品种纯正，最好是初果期或盛果期大树，应具备丰产、稳产、优质的性状，能适应高接地的生态条件，而且生长发育健壮，无检疫对象（梨衰退病、梨痘状溃疡病），无花叶病。

2. 接穗的采集

接穗最好采树冠外围光照好、生长充实的发育枝，千万不要采内膛枝、徒长枝和病弱枝。春季高接用的接穗，可采用一年生枝，于萌芽前采集。生长季高芽接的接穗，可采自当年生的发育枝，最好随采随接，以免失水降低成活率。

3. 接穗的贮藏

结合冬季修剪采集的接穗，应按品种打成捆，并加品种标签，埋于窖内、沟内或冷库内的湿砂中备用。在贮藏中要注意保温、保鲜、防冻，并在早春回暖后，设法降温，控制接穗萌发，以延长嫁接时期。一般高接前将接穗取出，从基部剪去1厘米，在清水中浸泡一夜，让其吸足水分，再行嫁接。有条件的，可在冰箱或冷库中贮藏，贮藏温度0℃左右，相对湿度80％左右。

秋季高芽接采取的接穗，应立即剪去叶片，以减少水分蒸发。如在当天或次日进行嫁接，可将接穗下端浸入水中，放在阴湿处保存。

二、高接方法

（一）高接方法

根据砧木不同枝条的粗度，各种嫁接方法均可采用，如劈接、腹接、插皮接等，对于光秃部位可采用打洞腹接。根据近些年生产实践，接穗以采用单芽为宜，单枝生长量大，省去了成活后控制竞争枝的大量工作。

1. 劈接

此法为最常用的高接方法之一，适用于砧枝直径在 3 厘米以上的场合。

（1）削接穗　在接穗芽下 3 厘米左右处的两侧削成一个楔形斜面。削面长 2～3 厘米。削斜面时，一般接穗的削面在芽的两侧下方，这样伤口离芽远，对芽的萌发生长更有利。如果砧木比接穗粗，接穗下边要削成偏楔形，芽的正面厚、背面薄，有利于砧木夹紧。如砧木和接穗粗度一致，接穗可削成正楔形。这样，不但有利于砧木夹紧接穗，而且两者接触面大，也有利于愈合。

（2）劈砧木　在砧树上适宜的部位锯断大枝。锯口断面用快刀削平滑，以利愈合。在砧枝上选皮厚、纹理顺的地方做劈口。如砧木比接穗粗，劈口可选断面 1/3 处；如砧木较细，要选砧径椭圆长径处，以加大砧木和接穗削面的接触面。劈口时不宜用力过猛，可以把劈刀放在劈口部位，用木锤轻轻敲打刀背，使劈口深约 3 厘米。

（3）插接穗　用劈接刀楔部撬开切口，把接穗轻轻地插入，使接穗形成层和砧木形成层对准。如接穗比砧木细，要把接穗紧靠一边，保证接穗和砧木有一面形成层对准。粗砧木还可两边各插一个接穗，成活后保留一个健壮的。插接穗时，不要把削面全部插进去，要保持 2～3 毫米的削面露在砧木外。这样，接穗和砧木的形成层接触面较大，有利于分生组织的形成和愈合。接穗插入后用塑料条由下往上把接口绑紧，并将整个锯口及接穗包严。绑缚时注意不要触动接穗，以免接穗和砧木形成层错开。

2. 插皮接

插皮接适宜砧木接口比较粗（3 厘米以上）的场合，一般多用于主枝、侧枝的高接。应在砧木离皮时进行，操作简单，成活率较高。

（1）削接穗　在接穗芽的背面1～2厘米处削一个3～5厘米长的斜面，要求长、平、薄，在大斜面背面的先端，削一个长0.6厘米的小斜面。

（2）撬砧木　在砧木树皮光滑处，由上向下垂直划一刀，深达木质部，长约1.5厘米，顺刀口用刀尖挑开皮层。有的砧木也可不划口，用楔形竹签插入砧木木质部和韧皮部之间，然后拔出竹签，作为插接穗的地方。

（3）插接穗　把接穗插入切口，使削面在砧木的韧皮部和木质部之间。插时马耳形斜面向内紧贴，要轻轻插入，使接穗削面和砧木密接为止。接穗插妥后，用塑料条将接口绑紧缠严。同时，用塑料薄膜将整个砧木接口断面包严。

3. 单芽腹接

此法简单易行，只用剪枝剪即可完成全部嫁接过程，工作效率高，在生产中应用广泛，一般适用于直径2厘米以下砧枝的嫁接。

（1）削接穗　接穗留1个饱满芽，下端一侧用刀削成3厘米左右的长斜面，对侧削成1厘米左右的短削面。削好的接穗应一边厚，一边薄。

（2）剪切砧木　在嫁接部位，用剪枝剪或切接刀倾斜向下切开，深达砧木直径的1/3，过深易劈裂，过浅夹力太小，切口长度要和接穗削面长度相适应。

（3）插接穗　将砧木切口推开后，迅速将接穗插入，长削面朝里，短削面朝外，使接穗削面形成层与砧木形成层对齐。然后在切口上方0.5厘米处，斜向接穗方向剪除砧木上部。最后用塑料条将接口连同砧木剪口一齐绑牢缠严。

4. 皮下腹接（打洞插皮腹接）

一般成年梨树中心干及大枝下部光秃现象非常明显，结果部位严重外移。树冠内膛基本没有可利用的枝条进行高接。皮下腹接主要用于高接树内膛光秃部分的补空，也可用于因主侧枝过粗，且不能采用切腹接的场合。采用这种高接方法，可有效地解决树冠内膛或主枝两侧的光秃现象，使树冠再次丰满，达到立体结果的目的。

（1）削接穗　在芽的背面略低于芽 2～3 厘米处，向下斜削一刀，至芽所在的一面，斜削面长 3～4 厘米。削面的长短根据接穗的粗细和品种的芽间距而定，削面削好后，在此削面的背后削 0.5 厘米的小削面，以利于接穗插入砧树皮下及愈合。最后在芽上 0.5 厘米处剪断，即成为一个长 4 厘米左右、只有一个芽的接穗。

（2）砧木打洞　用 3～4 厘米宽的木工凿子或刨子的刨片，在多年生主侧枝上选定的部位（主枝左右两侧），与枝的方向垂直凿一深达木质部的横刀口，再从此横刀口向上两侧斜凿两刀，使呈一等边三角形，然后用刀将树皮挑掉，露出木质部，形成一个没有树皮的三角形洞，再在第一横刀口中间向下竖切一刀（底边竖切），长约 3～4 厘米，深达木质部，以利接穗插入。对于 3 厘米以上的锯口，应用插皮接法嫁接 1～2 个接穗，以利伤口愈合。

两侧接枝时，可先刮掉老皮，切一个"T"字形切口，竖口的方向与枝干呈 45°角，横口达木质部，竖口不切透，在横口上挖一半圆斜面。

（3）插接穗　插时长削面向里，从竖切口处向下插，插的深度以接穗长削面上端与底边齐平为度。然后用塑料条绑紧缠严。

（二）每砧头接穗数量

砧木截面伤口愈合速度快慢与接穗数量呈正相关。如果插穗太少，往往造成断面愈合不良，既易感染腐烂病，又难以承受果实重压，对树体生长发育也有很大影响。如果接口直径小于 2 厘米，只插一根接穗即可；如果直径为 3～4 厘米，以插两个接穗为宜；如直径为 5～6 厘米，以插 3～4 个接穗为好。

（三）高芽接

高芽接是梨树高枝接的一种补充。大树高接后，对缺枝部位萌发的徒长枝进行补接时，多用高芽接。北方地区嫁接时期一般以 7 月上旬至 8 月中旬为宜，嫁接方法多采用丁字形芽接。为保证成活，一般一个头可多接几个芽。对成活的芽，于翌春剪砧。

第三节　高接树的管理

高接树管理的内容主要包括补接、解除绑缚物、除萌蘖、绑支柱、土肥水管理、病虫害防治以及整形修剪等。

一、补接

一般接后两周左右就可以检查是否成活。成活的接穗皮部保持青绿，芽开始萌动，未成活的接穗皮部皱缩干枯。检查时切勿摇动接穗，以免造成人为损伤。对未接活的，要及时补接。补接时需将枯桩锯去一节，然后，削平再接。如果采用绿枝补接，接后可套塑料袋保湿，以利成活。如果无法补接，可选留一个适宜的砧木新梢，秋季芽接。

二、解除包扎物

解除包扎物的时间，要根据嫁接的方法及愈合成活情况而定。采用高芽接的，可在成活后 10 天左右解绑。采用枝接的，要根据愈合情况，一般在成活后 6～7 月份解除包扎物。解除时间不宜过早或过晚。过早影响伤口愈合，过晚影响接穗加粗生长。为了达到既保护接口，又不影响接穗加粗的目的，可用芽接刀从一侧将绑缚接穗的塑料条划开。如果采用可降解嫁接胶带则不需解绑。秋季高芽接的也可在翌春萌芽时解绑，同时剪砧，促使接芽萌发。

三、除萌蘗

高接树在进行骨架整理时一般剪截较重，从而破坏了地上部与地下部的相对平衡关系。所以，接后不仅高接枝生长旺盛，由于根群相对发达，营养、水分吸收量相对增多，致使树体发生大量萌蘗。这些萌蘗如不及时除掉，不仅浪费养分，而且容易导致树冠结构紊乱，严重影响高接枝的生长发育。因此，要经常对高接树进行检查，只要嫁接枝成活、生长良好，其下部的萌蘗除根据需要在适当部位留一部分作为高芽接砧枝外，其余的要及时抹掉或剪除，以集中养分，促进高接枝的生长。

但是，在不影响高接枝生长的前提下，可以适当选留"保护枝"，以增强抗风力，防止大枝干日烧病。这样，不仅有利于根系的发育，还能使高接枝缓和生长、适时成熟，提高抗寒能力。

四、涂白

树体高接后，由于枝叶量急剧减少，致使大枝干直接遭受太阳直射，极易造成日烧病。所以，高接完成后至夏季到来前，应用白涂剂将向阳面大枝干全部涂白。为了增强抗雨蚀能力，可在白涂剂中加入适量水泥。

五、绑支柱

绑支柱是高接树体管理中一项不可忽视的保护措施。高接成活后抽生的新梢生长旺盛，还常常抽出大量副梢，但此时接口愈合组织尚不牢固，先端枝头比较重，遇大风或机械碰撞，极易折断。因此，当新梢长至 20～30 厘米时，应在解除包扎物的同时用塑料绳将新梢牵引到木棍支柱上。捆绑时应注意嫩枝基部要松紧适度，不可松动，而新梢上部可适当松点，绑结应呈"∞"字形扣，以免影响新梢发育。冬季修剪时可以把支柱去掉。

六、土肥水管理

梨树高接后，大量的伤口需要愈合，大量的枝条需要生长恢复，所以，对养分、水分的需求较多。有条件的梨园，最好在高接头一年秋季重施有机肥，高接成活后立即追施化肥。此外，高接前后应充分灌水，以利接口愈合。高接枝旺盛生长期要及时灌水，以促进新梢生长。

梨树高接后，树行空间暂时变大，为充分利用土地，可以种植一些矮秆绿肥作物，以提高土壤肥力。

七、病虫害防治

高接当年新梢数量较少，伤口尚未完全愈合，而且愈合组织幼嫩，梨树抗病能力较弱，因此，应特别加强对病虫害的防治。

1. 接口害虫的防治

危害结构、切口的害虫主要有小透羽、梨小食心虫等。这些害虫的成虫多产卵于接口、切口处和叶片上，幼虫蛀食幼嫩的愈合组织，致使接口愈合不良，危害严重时使高接枝死亡。因此，必须对高接枝头进行重点防治。一般可于 6 月上旬开始，在枝头上喷 48％乐斯本乳油 1500 倍液或 25％高效氯氰菊酯乳油 2000～3000 倍液。每两周喷一次，连喷 2～4 次。

2. 枝干害虫的防治

危害枝干的害虫主要有吉丁虫和浮尘子。对于吉丁虫的防治，可在成虫发生前，树干涂白涂剂，或在成虫发生初期，喷48％乐斯本乳油 1500 倍液，连喷两次，可杀死成虫。对幼虫的防治，则可采用人工挖治或用 5 倍敌敌畏涂抹被害部位。在浮尘子发生多的地方，可以喷 48％乐斯本乳油 1500 倍液防治。

3. 叶片病虫害的防治

危害叶片较严重的病虫害主要有早期落叶病、黑星病、黑斑病、蚜虫、红蜘蛛、梨木虱、梨茎蜂、卷叶虫、毛虫等，要根据发生情况及时防治，以保证高接枝的正常生长。具体方法参见本书第七章。

八、整形修剪

高接树虽然有原来的树形基础，但由于枝龄关系变了，加上受多种因素的影响，各枝生长发育必然有所差异，如果调整不及时，就会破坏原有的从属关系，影响树冠的迅速扩大和成花结果。所以，必须采用合理的修剪措施及时加以调整。

（一）夏季修剪

夏季修剪主要任务有摘心、去除竞争枝、开张角度和控制旺枝等。

1. 摘心

对于骨干枝及有生长空间的大型结果枝组，当新梢生长到 30～40 厘米时，选择方向、位置适当的枝条进行摘心，以促进分枝，增加粗度。对成枝力弱、有腋花芽结果习性的品种，可提早摘心，增加分枝，有利于花芽形成。为了促使当年形成花芽，对结果枝组及各枝头上不作延长枝的新梢，可进行轻度摘心。

2. 控制竞争枝

为了保证延长枝的顺利生长，对延长枝的竞争枝可根据不同情况扭梢、短截或疏除。另外，延长枝附近的萌蘖要及时剪除，以免影响接穗枝条的生长。

3. 开张角度

对于直立生长的枝条，可采用支、拉、坠等方法开张角度，改善光照条件，以便迅速扩大树冠，增加结果面积。一般主侧枝延长枝新梢，应拉至 45°左右，其余部位的新梢，拉至 60°～70°。

4. 控制旺枝

对树冠内过密的直立枝要适当疏剪或用扭梢、圈枝、拿枝软化、环割等方法加以控制。

5. 刻芽

高接第二年，萌芽前对于长枝、超长枝进行刻芽，可以提高萌芽率，增加中短枝的比例，增加主枝中下部长枝的比例，对于提早结果、延长主枝中下部位枝组结果年限效果显著。

（二）冬季修剪

1. 高接当年冬季修剪

这次修剪要以轻剪长放为原则。对于骨干枝头的高接枝，选一方位好、生长强旺的作为延长枝，如有空间，从饱满芽处剪截。对同一枝头的其它高接枝，为了促进伤口愈合。可暂不去掉，采用轻剪长放的办法，尽量使之形成花芽，控制其生长。若生长过旺，影响骨干枝的延长枝生长时，应剪去强枝留弱枝，为骨干枝让路。

对结果枝组的修剪，成枝力弱的品种，先端延长枝要短留，促其分枝，其它枝可不必打头。成枝力强的品种，可以去强留弱，选择其中 1～2 枝作为结果枝组的延长枝进行打头，其余枝条长放。

2. 高接第二年冬季修剪

凡属骨干枝延长枝均正常修剪，继续培养骨干枝不断扩大树冠，并注意对结果枝组的培养。修剪结果枝组时，对成枝力弱的品种，如有生长空间，先端延长枝继续打头；无空间时，先端延长枝过强的可去掉，余者长放，促使形成花芽。对成枝力强的品种，如已大量形成花芽，除先端有空间继续打头外，其余留作结果，以后每年逐步转入正常修剪。

对高接树开始结果的头几年要适当控制结果量，如结果过多，肥水管理跟不上，容易影响新梢生长和树冠扩大，造成树体早衰、寿命缩短。

第四节　花芽高接技术

在梨树新品种更新换代日新月异的今天，生产者需要在引种的当年就见到效益，或在引种较短的时间内看到品种的果实性状，这就需要一种较为特殊的嫁接技术，即花芽高接技术。有时，由于自然灾害或病虫害导致翌年无花，为了弥补一定的产量，也可采用此法。花芽高接技术就是在原来品种的枝、干上用花芽进行嫁接，并在嫁接当年（春季进行嫁接）或翌年（上一年的秋季进行嫁接）开花结果。

一、高接时期和方法

（一）时期

用花芽嫁接，一般有两个适宜时期。一是在秋季进行，即9月中下旬。嫁接的时间过早，接芽容易萌发，造成嫁接失败；嫁接过晚（进入10月以后），成活率达不到要求。二是在春季嫁接，一般在花芽萌动前进行，在山东胶东地区一般在3月中下旬进行。时间过早，接口愈合不好，影响成活；时间过晚，嫁接后花芽因得不到树体营养而难以开花，即使开花也难以坐果。

（二）方法

1. 采接穗

要注意选择品种新、树体发育健壮、花芽饱满、无病虫害的枝条。在秋季嫁接，一定要在采取接穗后及时将叶片去掉，并保留叶柄，以保持枝条的水分，并及时进行嫁接。在春季嫁接，要将枝条在上一年的冬季，梨树落叶后剪下，并在背阴处用湿砂贮藏。贮藏时要注意沙土的水分不宜过多，翌年春季将接穗取出，进行嫁接。

2. 嫁接

在秋季进行嫁接，最好采用"单芽腹接"（参见本章第二节）。在包扎时要注意，在花芽处包一层薄膜（厚度不要超过0.06毫米，厚度超过0.08毫米的薄膜，花芽不能自行顶破），以利于花芽自行破膜，增加成活率。在春季嫁接，最好采用"贴芽接"。在砧木上选一个光滑面，向下轻削一刀，长约2.5～3厘米，深约2～3厘米；用同样的方法取下接芽，接芽要比砧木的切口略小，并把接芽贴在砧木上，尽可能使接芽与砧木的形成层一侧对齐，用塑料薄膜绑紧缠严。

二、高接后的管理

1. 加强肥水管理

高接后要增加有机肥和氮、磷、钾三元素复合肥的施用，同时要注意灌水及排水，不要大水漫灌。每亩施圈肥4500～5000千克，或者用颗粒有机肥（有机质含量50%以上）100～150千克，氮、磷、钾三元素复合肥100～150千克。

2. 抹芽及其它管理

高接后要对非嫁接品种的萌芽及时抹除，以利节省养分，并有利于花芽萌发、开花、结果。对嫁接花芽所开的花要及时进行人工授粉，授粉时要细致、周到，不要疏漏。

第七章 主要病虫害防治

无公害梨果是目前我国对梨果生产的最起码要求。除了生产环境（大气、土壤、灌溉水）必须符合无公害生产要求以外，最为关键的环节就是严格控制生产环节中梨果的污染。而从目前我国生产实践来看，植保过程中农药的污染又是生产环节控制污染源的关键。因此，从无公害生产的角度搞好梨树病虫害防治，做到农药安全使用，对于无公害梨果的生产具有决定性的意义。

第一节 无公害生产对植保的基本要求

一般农药对梨果的污染主要有喷施农药对果实的直接污染、喷施农药对土壤和环境形成的二次污染两个方面。为了避免梨果污染，梨园植保应该遵循以下基本要求。

一、严格遵循农药安全使用规定

目前在生产中应用的农药品种，按其毒性高低可划分为三类：高毒农药、中毒农药和低毒农药。无公害梨果生产中的用药原则是禁用高毒农药，限制使用中毒农药，优先使用低毒安全农药。现将国家农药安全使用准则中禁用农药种类分列如下，以供无公害梨果生产选择农药时参考。

（一）禁用农药

表 7-1 所列农药是目前无公害梨果生产禁用的农药。应特

别提醒梨农的是：现在市场上有许多商品农药是复配的，其中有些很可能含有禁用的成分。

表 7-1　无公害梨生产禁用农药

种　类	农　药　名　称	禁用原因
有机氯杀虫剂	滴滴涕、六六六、林丹、艾氏剂、狄氏剂	高残毒
有机氯杀螨剂	三氯杀螨醇	工业品中含滴滴涕
有机磷杀虫剂	甲拌磷、乙拌磷、久效磷、对硫磷、甲基对硫磷、甲胺磷、氧化乐果、磷胺、地硫磷、水胺硫磷、杀扑磷、甲基硫环磷	剧毒、高毒
氨基甲酸酯类杀虫剂	涕灭威、灭多威	高毒、剧毒
二甲基脒类杀虫杀螨剂	杀虫脒	慢性毒性、致癌
有机砷杀菌剂	福美砷、甲基砷酸锌、甲基砷酸钙、福美甲砷	高残毒
有机锡杀虫剂	三苯基醋酸锡、三苯基氯化锡	慢性毒性、高残毒
有机汞杀菌剂	氯化乙基汞、醋酸苯汞	剧毒、高残毒
代苯类杀菌剂	五氯硝基苯、五氯苯甲醇	致癌、高残毒
2,4-D 类化合物	除草剂或植物生长调节剂	致癌
二苯醚类除草剂	除草醚、草枯醚	慢性毒性

（二）限用农药

限用农药指可在严格按农药安全使用标准的基础上限量使用的农药（表 7-2）。所谓"限制"主要是指浓度、使用次数和安全间隔期三个方面。一般是要求按照一定的浓度喷施，并在一定的时间（多为一年）内只允许使用 1 次。

表 7-2　无公害梨生产限用农药

种　类	农　药　名　称
有机磷杀虫杀螨剂	敌敌畏、二溴磷、乐斯本（毒死蜱）、哒螨灵、啶虫脒
其它杀虫剂	蚜虱多、蚜螨双杀乳油
杀菌剂	乙磷铝

（三）优先及允许使用的农药

无公害梨生产提倡优先使用矿物源、植物源、微生物源、动物源以及特异性农药（表7-3），这类农药低毒、无残留，对环境无不良影响。如果这些药剂不能有效解决病虫害问题，也可选择无公害梨果生产允许使用的化学合成药剂（表7-4）。但是，在实际使用时，仍应注意浓度和使用次数的限制。一般允许使用的农药每年可使用2～3次，不同农药的安全间隔期有所差异。

表7-3　无公害梨生产优先使用的农药

种　类	农　药　名　称
矿物源农药	石硫合剂、硫悬浮剂、柴油乳剂、波尔多液、多硫化钡、绿乳铜等
植物源农药	9281、大蒜素、烟碱、茴蒿素、草木灰浸提液、鱼藤酮及趋避剂中的印楝素、苦楝素、川楝素等
微生物农药	阿维菌素、农抗120、多抗霉素、多氧霉素（3次/年）、春雷霉素、井冈霉素、华阳霉素、华光霉素、浏阳霉素、中生菌素；白僵菌类微生物制剂、苏云金杆菌、青虫菌类制剂、活体微生物农药、蜡质轮枝菌、蜡质芽孢杆菌、昆虫病原线虫、昆虫微孢子、核多角体病毒等
动物源和特异性农药	灭幼脲、除虫脲、扑虱灵、梨小性诱剂、桃小性诱剂等

表7-4　无公害梨生产允许使用的农药

农药名称	剂　型	稀释倍数	次数/年	间隔期/天
吡虫灵	20%可溶剂	2000～2500	2	20
三唑锡	25%可湿性粉剂	1000～1200	3	14
联苯菊酯	10%乳油	3000～4000	3	10
四螨嗪	50%悬浮剂	5000～6000	2	30
氯氟氰菊酯	2.5%乳油	3000～3500	3	21
高效氯氰菊酯	25%乳油	2000～3000	3	21
溴氰菊酯	2.5%乳油	1200～2000	3	5
顺式氰戊菊酯	5%乳油	2000～3000	3	14
甲氰菊酯(灭扫利)	20%乳油	2000～3000	3	30
氰戊菊酯(速灭杀丁)	20%乳油	2000～3000	3	14
噻螨酮	5%乳油	1500～2000	2	30
炔螨特	73%乳油	2000～3000	3	30
辛硫磷	50%乳油	1000～1500	3	7
马拉硫磷	50%乳油	1000～1200	2	7

农药名称	剂 型	稀释倍数	次数/年	间隔期/天
烯唑醇(特普唑)	12.5%可湿粉	2000~3000	3	21
氯苯嘧啶醇	6%可湿粉	1000~1500	3	14
氟硅唑	40%乳油	8000~10000	2	21
亚胺唑	15%可湿粉	3000~3500	3	28
代森锰锌	80%可湿粉	800	3	10
双胍辛胺乙酸盐	40%可湿粉	800~1000	3	21
三唑酮	15%乳油	1500~2000	2	20
多菌灵	50%可湿粉	800~1000	3	7
甲基托布津	70%可湿粉	1000~1200	3	7
多氧霉素	10%可湿粉	1000~1500	3	7

二、科学使用农药

应根据农药的性质、使用要求和防治对象,对症下药。生产无公害梨果并不排除化学农药,最为重要的是要注意农药的正确选择和交替使用。药剂防治时,应首先做好病虫害的预测预报,抓准病虫害发生的薄弱环节,适时、适量用药,并提高喷药质量。以最少的喷药次数和用药量,将病虫害控制在经济危害阈值以下。

三、注重综合防治

无公害病虫害防治应从整个生态系统出发,综合运用多种防治措施,创造不利于病虫害孳生、有利于有益生物繁衍的环境条件,将病虫害造成的损失控制在经济危害水平以下,从而保证果品质量和维持生产可持续发展。综合防治主要包括植物检疫防治、农业防治(选择抗病虫品种、加强土肥水管理、合理负载、增强树势、合理整形修剪、保持果园卫生、清除病原寄主等)、生物防治(保护利用天敌、充分利用昆虫病原微生物及其制剂、使用性诱剂)、物理防治(人工捕捉、灯光诱杀、障碍阻隔、糖醋液、粘虫胶、粘虫板等）和化学防治。此外，为达到良好的防治效果，还应重视区域性联防联治。

第二节　主要病害防治

一、黑星病

1. 危害症状

梨黑星病可为害叶片、叶柄、果实、果柄、新梢和果台等。受害处先生出黄色斑，逐渐扩大后在病斑叶背面生出黑色霉层，正面仍为黄色，不长黑霉。果实受害处先出现黄色圆斑并稍下陷，后期长出黑色霉层。枝条被害生成黑色病斑，形状不一，湿度大时也生出黑雾。

2. 发生规律

梨黑星病菌在病组织上过冬，第二年春借风雨传播。梨黑星病是一种流行性病害，发生程度与气象条件关系很大，尤其和降雨及大气湿度有密切的关系，多雨年份或多雨地区发病严重。年降雨在 500 毫米以下的年份或地区一般发病较轻，年降雨在 600～700 毫米为中等发病年份或地区，年降雨在 800 毫米以上的年份或地区发生较重。梨黑星病的发生与湿度的关系也很大，连绵小雨有利于黑星病的发生。

3. 防治方法

① 上年黑星病较重的梨园，开花前喷一次 25％真高微乳剂 5000 倍液或 12.5％烯唑醇 1500 倍液，可杀灭芽中病菌，明显减少病梢数量，推迟、减轻当年黑星病发生。

② 落花后到套袋前（4 月中旬至 6 月上旬），喷 80％大生 M-45 药剂 800～1000 倍液、25％苯醚甲环唑 8000 倍液、12％腈菌唑乳油 1500～2000 倍液或 40％福星 8000 倍液。

③ 7～8 月份多雨年份该病发生严重，喷布喷 80％大生

M-45 药剂 800～1000 倍液、12.5％烯唑醇 1500 倍液或 25％苯醚甲环唑 8000 倍液。

④ 梨树萌芽前清扫落叶，喷 45％施纳宁水剂 300～400 倍，落花后出现病梢时及时摘除。

二、黑斑病

1. 危害症状

幼嫩的叶片最早发病，产生圆形、黑色的斑点，潮湿时，病斑表面遍生黑霉。叶片上长出多数病斑时，往往形成不规则的大病斑，早期落叶。果实受害，在果面上产生黑色圆形斑点，略凹陷，表面遍生黑霉。后期果实软化，腐败而落果。新梢上的病斑，早期黑色、椭圆形，后扩大为长椭圆形、凹陷。

2. 发生规律

病菌在被害枝梢、芽及地面的病叶、病果上越冬。第二年春季，通过风雨传播，引起初次侵染，以后新旧病斑上病菌重复侵染。生长季温度和降雨量与病害的发生关系极为密切。一般气温在 24～28℃，同时连续阴雨，有利于黑斑病的发生与蔓延。如气温达到 30℃以上，并连续晴天，则病害停止扩展。树势强弱、树龄大小与发病关系也很密切，树势健壮，发病较轻；树势衰弱时发病严重。

3. 防治方法

① 梨树萌芽前剪除有病枝梢，清除梨园内的落叶和落果。

② 增施有机肥料，及时排水，改善树冠的通风透光条件。

③ 果实套袋，免受病菌侵害。

④ 萌芽前（3月上、中旬），喷 45％施纳宁水剂或硫悬浮剂 300～400 倍液。生长季喷布保护性药剂 80％大生 800～1000 倍液或内吸性药剂 25％苯醚甲环唑 8000 倍液、50％扑海因 1500 倍。对黑斑病有特效的药剂是 1.5％多抗霉素 400～

500 倍。一般应不同药剂交替使用。

三、轮纹病

1. 危害症状

枝干受害，以皮孔为中心形成瘤状突起，周围逐渐凹陷。在多年生的主干或枝干上，病皮严重开裂，形成粗皮病。受害果常以皮孔为中心形成水渍状、近圆形褐色小点，病斑扩大后形成淡、暗褐色相间的同心轮纹，并有茶褐色黏液渗出，几天内全果腐烂。叶片受害，初期产生不规则的褐色病斑，后逐渐变为灰色，其上散生黑色小点。

2. 发生规律

① 当气温在 20℃ 以上，相对湿度大于 75％ 或雨量达 10 毫米时，或连续下雨 3～4 天，孢子大量散布，病害传播最快。干旱年份或地区，病害发生轻。

② 梨园管理粗放，挂果过多，蛀虫性害虫危害严重，肥水不足或偏施氮肥，树势衰弱，均有利于病害发生。

③ 果实受害，多于采收后 7～25 天内表现症状，有些品种在采前即可严重发病。

3. 防治方法

① 在冬春季节芽萌发前刮除病皮，涂轮纹铲除剂 50 倍液或"9281" 3～5 倍液，剪除枯死枝。

② 重施有机肥，增施磷钾肥，增强树体抗病力。

③ 喷药防治：在雨水多的年份或地区，应于 5 月中旬、6 月中旬、7 月上旬、7 月下旬、8 月中旬、8 月下旬，喷 5～6 次药液防治，尤其应掌握雨后天放晴马上用药。药剂可用：保护性药剂 80％ 大生 800～1000 倍液或内吸性药剂 25％ 苯醚甲环唑 8000 倍液。对轮纹病效果最好的药剂是 80％ 多菌灵 1200～1500 倍液或 70％ 甲基托布津 1000 倍液。

④ 果实套袋，防止病菌接触果面。

四、褐腐病

1. 危害症状

褐腐病是近成熟期和采后的重要病害。发病初期果面产生褐色圆形水渍状小斑点，后迅速扩大，几天后全果腐烂，围绕病斑中心渐形成同心轮纹状排列的灰白色至灰褐色2～3毫米大小的绒球状霉团。病果果肉疏松，略具弹性，后期失水干缩为黑色僵果。病果大多早期脱落。

2. 发生规律

病菌主要以菌丝体在树上僵果和落地病果内越冬，翌春产生分生孢子，借风雨传播，自伤口或皮孔侵入果实，潜育期5～10天。在果实贮运中，靠接触传播。在高温、高湿及挤压条件下，易产生大量伤口，病害常蔓延。梨园积累病原多、近成熟期多雨潮湿，是该病流行的主要条件。病菌在0～35℃均可生育，最适温度为25℃。不同品种梨的抗性不同，鸭梨较易感病。

3. 防治方法

① 及时清除梨园落果、病果、僵果，集中烧毁或深埋。

② 幼果期果实及时套袋，可基本避免此病危害。

③ 喷药保护：发病较重的梨园花前喷3～5度石硫合剂。果实成熟前一个半月开始喷药，10～15天一次，连喷2～3次。药剂选用80%大生 M-45 药剂 800 倍液、40%百可得1500～2000 倍液、50%速克灵 1000～1500 倍液或70%甲基托布津 1000～1200 倍液。

五、腐烂病

1. 危害症状

腐烂病主要发生在八年生以上的盛果期梨树上，是梨树最重要的枝干病害。病斑初期为褐色至红褐色，多不规则，且大小变化很大。可导致整个皮层腐烂，病斑略凹陷，潮湿条件下病斑呈水渍状。两年生以上病斑上密生黑色小点，春秋季湿度较高时，溢出橘黄色黏稠汁液，遇雨即可传播，造成新的侵染。腐烂皮层的酒糟味很轻。

2. 发生规律

病原菌在病组织上越冬，春天形成子囊孢子或分生孢子，借风雨传播，造成新的侵染。春季是病菌侵染和病斑扩展最快的时期，秋季次之。由于病原菌的寄生性较弱，侵染和繁殖一般发生在生长活力低或近死亡的组织上。水肥管理得当、生长势旺盛、结构良好的树发病轻，反之发病较重。从品种上以白梨系统和秋子梨系统的品种发病重，砂梨系统品种如二十世纪发病很轻。

3. 防治方法

① 合理负载，加强水肥管理。尤其应注意有机肥的施用和氮、磷、钾及各种微量元素的平衡，维持树体良好的生长势。

② 冬季树干涂白，防止冻害，减少病菌生存的场所。

③ 3月上旬至4月上旬刮治病斑，刮后涂抹灭腐新原液、45％施纳宁100倍液或3~5倍液的"9281"。

④ 春季萌芽前喷5波美度石硫合剂。

六、梨干腐病

1. 危害症状

梨干腐病是仅次于腐烂病的重要枝干病害。主干、主枝和较大的侧生枝上均可发生，病斑绕侧枝一周后侧枝即枯死，较少造成死树。病斑早期在枝干上为深褐色或黑色病变，后期失水、干缩、凹陷，边缘裂开，病斑上形成密布的黑色小点，潮湿条件下病斑上溢出茶褐色汁液。与腐烂病的区别是：发病组织较浅，初期病斑颜色较深，病斑上黑点小而密。果实症状同轮纹病非常相似。

2. 发生规律

病原菌在发病的枝干上越冬，少数情况下也可以在发病后形成的僵果上越冬。春天潮湿条件下借雨水传播，形成当年枝干和果实上的初侵染。病菌在果实和枝干上均有潜伏侵染的特性，鸭梨果实上一般要在果实膨大后期开始呈现症状，发病高峰是在近成熟期，枝干发病与树体生长状况有关。生长势弱的树发病重。

3. 防治方法

合理负载、加强肥水管理。果实发病的防治参照轮纹病的防治方法；枝干发病的防治参照腐烂病的防治方法。

七、洋梨干枯病

1. 危害症状

一般是零星发生，个别园片较重。在大树上一般不危害主干和主枝，主要侵染小枝条和较小的结果枝组。首先在枝组的基部表现为红褐色病斑，随病斑的扩大，开始干枯凹陷，病、健交界处裂开，病斑也形成纵裂，最后枝组枯死。其上的花、叶、果也随之萎蔫并干枯。

2. 发生规律

病菌在当年侵染的芽体组织或病组织上越冬，翌年春天病斑上形成分生孢子，借雨水传播，一般是从修剪和其它的机械伤口侵入，也能直接侵染芽体。一般幼树和成龄树均可发生，往往是在主干或主枝基部发生腐烂病或干腐病后，树体或主枝生长势衰弱，其上的中小枝组发病较重。以秋子梨和洋梨系统品种发病重，白梨系统品种发病较轻，生长势衰弱的树发生较重。

3. 防治方法

① 加强栽培管理，增强树势。

② 加强树体保护，减少伤口。对修剪后的大伤口，及时涂抹油漆或动物油，以防止伤口水分散发过快而影响愈合。

③ 从幼树期开始，坚持每年树干涂白，防止冻伤和日灼。

④ 每年萌芽前喷 5 波美度石硫合剂，生长期喷施杀菌剂时要注意全树各枝干上均匀着药。

八、梨根腐病

1. 危害症状

在梨园内一般是盛果期树零星发病，但能直接造成植株死亡。梨根腐病地上部表现是生长势下降，叶色浅、早黄早落，直至植株枯死。病菌侵染根部，初发部位不定，但能迅速扩展至根颈部并沿主根向下蔓延，发病根颈和主根的皮层腐朽，有明显的蘑菇味。剥开腐朽的皮层可见扇状扩展的白色菌丝层，这是根腐病的主要特征。

2. 发生规律

以菌丝体在发病组织上越冬，病、健根直接接触后，通过伤口直接侵染，病组织在土壤中传播的距离有限，主要发生在旧林地更新后定植的梨园。在北方梨区 7～8 月份降雨多、温度高是该病侵染和扩展的最主要时期。整个生长季节，土壤长时间高温、高湿发病重，长时间干旱能抑制病菌在根部的扩展。

3. 防治方法

① 旧林地上新建梨园，应在旧林地砍伐后彻底清除残根，并经 2～3 年农业耕作后才能定植梨树。

② 生长季节注意控制浇水，雨季及时排涝，能延缓病害的发展。

③ 及时发现和治疗轻病树。病树扒土晾根，将病斑刮除后涂以石硫合剂原液保护，对病根周围的土壤进行消毒处理。方法有根部灌浇 50％代森锌 200 倍液或 80％五氯酚钠 250 倍液。

④ 重病株尽早挖除，彻底清理残根，集中烧毁，对病穴土壤进行消毒处理。

九、套袋果黑点病

1. 危害症状

主要发生在套袋果上。黑点多发生在萼洼处，有时也发生在胴部及肩部。黑点自针尖大至小米粒大不等，常几个至十几个连片后成黑褐色大斑。黑点只局限在果实表层，不深入果肉内部，因此只影响果实的外观品质，并不影响果实产量。

2. 发生规律

目前病因尚不完全明确。套袋前果实萼洼处交链孢霉菌存在，套袋后侵染危害是导致此病的主要因素。另外，药害、虫害和缺钙均有可能导致此病发生。黑点病还与纸袋质量不好、透气性能差、袋内湿度持续较大等因素有关。影响发生程度的因素有：①套袋前杀菌剂喷布情况；②纸袋质量；③高温、高湿等气候因素；④梨园施肥状况。

3. 防治方法

① 选用优质梨袋。最好选择具有杀菌功效的果实袋，透气性强，遮光性好。

② 套袋前 5～7 天，喷 1 次 80％大生 800 倍液。

③ 套袋前幼果期要安全用药，避免药害造成黑点。

④ 增施钙肥：秋季与有机肥一起施速效钙肥，套袋前喷施速效钙肥。

⑤ 加强害虫防治。尤其是加强介壳虫的防治，防止害虫进袋。

十、黄叶病

1. 危害症状

梨黄叶病是指盐碱地区梨树因缺铁而发生的黄叶。梨叶发病后，叶脉绿色而叶脉间为黄色，严重地区叶片呈黄白色。枝条细弱，节间拉长。有时是一棵树的一部分枝表现黄白，严重时叶片出现锈褐色的坏死斑，发生在叶缘处较多。

2. 发生规律

由于盐碱地土壤盐基使可溶性二价铁变为不溶性的三价铁，沉淀在土壤里不易被梨树吸收，叶绿素形成受阻而出现黄叶病。黄叶病抽梢期开始发病，以新梢尖端发病最重。严重梨园自展叶期开始直到采收，黄叶或白叶颜色不能改变，6～7月份为发病盛期。缺铁程度小的梨园，进入雨季多有所好转，一般干旱年份发病较重。

3. 防治方法

① 采用"局部富铁法"，即将硫酸亚铁与饼肥（豆饼、花生饼、棉籽饼）和硫酸铵按 1∶4∶1 的质量比混合，在梨树萌芽前作基肥集中施入细根较多的土层中，根据梨树的大小和黄化程度，每株施用量控制在 3～10 千克。

② 叶面喷施黄腐酸铁与尿素的混合液，在梨树旺长期每周喷施一次。

③ 有条件的地方，可使用强力树干注射机进行硫酸亚铁的木质部注射，效果可维持 3～4 年。施用量一般仅为土施的 1%左右，但该方法仅适于成年梨树。

第三节　主要虫害防治

一、梨木虱

1. 识别与危害症状

成虫分冬型和夏型，冬型体长 2.8～3.2 毫米，体褐至暗褐色，具黑褐色斑纹。夏型成虫体略小，黄绿色。若虫扁椭圆形，浅绿色。若虫有分泌黏液的习性，在黏液中生活、取食及为害。由于梨木虱分泌的黏液易招致杂菌，在相对湿度大于65％时，发生霉变。致使叶片产生褐斑并坏死，造成严重间接危害，引起早期落叶。

2. 发生规律

在冀中南一年发生 6～7 代。冬型成虫在落叶、杂草、土石缝隙及树皮缝内越冬。早春 2～3 月份出蛰，3 月中旬为出蛰盛期。在梨树萌芽前即开始产卵小枝叶痕处，萌芽展叶期将卵产在幼嫩组织茸毛内、叶缘锯齿间、叶片主脉沟内等处。若虫多群集为害，在梨园内及树冠间均为聚集型分布。直接为害盛期为 6～7 月份，因各代重叠交错，全年均可为害。

3. 防治方法

① 彻底清除枯枝、落叶和杂草，刮除老树皮、严冬浇冻水，消灭越冬成虫。

② 2 月底至 3 月初，越冬成虫出蛰盛期喷布 4.5％高效氯氰菊酯 1500～2000 倍液。

③ 梨落花 70％～80％时，即第一代若虫集中孵化期，喷布 30％吡虫啉 6000～8000 倍液、1.8％齐螨素 2000～3000 倍液或 30％啶虫脒 6000～8000 倍液。发生严重虫害的梨园，可在药剂中加入助杀或消解灵 1000 倍液，以提高药效。5 月上旬可喷 2.4％阿维菌素-高氯 2500 倍液杀一代成虫。

二、黄粉蚜

1. 识别与危害症状

主要为害梨树果实、枝干和果台枝等，叶片很少受害。成虫、若虫常堆集一处，似黄色粉末，故而叫"黄粉虫"。以成虫、若虫为害，梨果受害处产生黄斑并稍下陷，黄斑周缘产生褐色晕圈，最后变为褐色斑，造成果实腐烂。喜在果实萼洼处为害。严重时萼洼处变褐腐烂，俗称膏药顶。

2. 发生规律

每年发生 6～9 代，以卵在树皮缝、翘皮下、果台脱落片下过冬。此虫在树皮下常年均有虫体寄宿和为害。在生长季节一部分转移到果实上为害，并繁殖 3～4 代。此虫多在避光的隐蔽处为害，成虫一般都固定位置为害。发育成熟后即产卵，卵往往在其身体周围堆集，将成虫虫体覆盖，卵和成虫均为黄色，似黄色粉末。实行果实套袋的梨园，袋内果实很易发生黄粉虫，因袋内避光，加之有高湿环境，幼虫从果柄上的袋口处潜入，则很难受药，易造成虫害。

3. 防治方法

① 刮树皮和翘皮以杀死过冬卵。

② 3 月中旬至 4 月初，全园喷药，杀灭枝干上越冬的梨黄粉虫卵及初孵幼虫。可用硫悬浮剂 300～400 倍。落花后至套袋前，针对枝干喷药 2～3 次，套袋后针对枝干和袋口再喷一次。有效药剂有：2.5%高渗吡虫啉 2000 倍液、48%乐斯本 1500 倍液、30%啶虫脒 6000～8000 倍液、35%硕丹 2000 倍液或 10%天王星乳油 2000～3000 倍液。

三、康氏粉蚧

1. 识别与危害症状

雌成虫体长约 5 毫米，宽约 3 毫米，椭圆形，淡粉红色，被较厚的白色蜡粉。以若虫和雌成虫刺吸枝芽、叶、果实、枝干和根的汁液，造成根和嫩枝受害处肿胀，树皮纵裂而枯死，果实成畸形果。

2. 发生规律

康氏粉蚧 1 年发生 3 代，主要以卵在树体各种缝隙及树干基部附近土石缝处越冬，梨萌芽时，越冬卵孵化，爬到枝叶等幼嫩部位为害。第一代若虫盛发期为 5 月中、下旬，第二代为 7 月中、下旬，第三代为 8 月下旬，9 月下旬雄虫开始羽化，交配产卵越冬。

3. 防治方法

① 初发生梨园多是点片发生，彻底剪除有虫枝条或人工刷抹有虫枝条，铲除虫源。

② 在梨花芽萌动前，喷 3～5 波美度石硫合剂或含油量为 5% 的柴油或机油乳剂 1000 倍液，杀死越冬卵。

③ 5 月上中旬和 7 月上中旬各喷一次 20% 杀扑噻 1000 倍液、48% 乐斯木 1200～1500 倍液、50% 斯赛尔（二溴磷）1000 倍液或 2.5% 天王星 1500 倍液。

④ 从 9 月份开始，在树干上束草把，诱集成虫产卵，入冬后至发芽前解下草把销毁。

四、绿盲蝽蟓

1. 识别与危害症状

绿盲蝽蟓是近年来危害梨树的新害虫，主要是危害梨树的幼果、嫩叶和新梢。初期孵化出的若虫短而粗圆，体色呈浅黄色，取食后呈绿色。叶片被害形成孔洞，幼果被侵害后，以刺吸孔为中心形成突起，爆裂，溢出红褐色汁液，使果实品质低劣，失去经济价值。

2. 发生规律

3 月中下旬，梨树萌芽后，绿盲蝽蟓从寄主阔叶杂草上孵化后，向梨树转移，首先危害幼叶及新梢。绿盲蝽蟓一年 5 代，危害梨树的主要是 5 月份的 1 代若虫和成虫。5 月底后，由于梨树幼果、叶、梢组织老化，绿盲蝽蟓又去危害农作物了。由于绿盲蝽白天一般在树下杂草及行间作物上潜伏，早、晚上树为害，因此，喷药要着重树干、地面杂草及行间作物，做到树上、树下喷严。

3. 防治方法

（1）人工防治　在早春梨园内杂草萌发前，及时清除病枝残枝，并把树下的杂草、枯枝、落叶等及时烧掉，以消灭寄生在上面的越冬卵。

（2）化学防治　3月中下旬越冬卵孵化期，结合防治其它病虫害，喷5波美度石硫合剂。对树干、地面阔叶杂草，必须喷严喷细，以消灭越冬卵。4月中旬至5月上旬（特别是雨后），是绿盲蝽蟓危害梨树盛期，应结合防治其它害虫及时喷药，以免造成全年为害。比较好的药剂有2.5%高效氯氰菊酯1500倍液、20%灭扫利2500～3000倍液、48%乐斯本1500倍液或30%啶虫脒6000～8000倍液。

五、梨小食心虫

1. 识别与危害症状

成虫体长5～7毫米，全体灰褐色，无光泽，翅中央有一小白点。梨小幼虫蛀入果实心室内为害，蛀入孔为很小的小黑点，比果点还小。幼虫在果肉蛀食多有虫粪排出果外，幼虫老熟后由果肉脱出，留一大圆孔。

2. 发生规律

在河北梨区，一年发生4代，以老熟幼虫在树皮缝内和其它隐蔽场所作茧过冬。第1～2代幼虫主要为害桃、李新梢，第3～4代主要蛀食梨果。搞好预测预报，及时喷洒有效药剂是控制梨小食心虫危害的关键。各代发生时期及各虫态经历期因气候条件不同而有差异，第一代卵期8～10天，夏季3～6天，幼虫期10～15天，蛹期7～10天，成虫寿命4～15天。完成一代约30天，在华北地区为害梨果在7月中下旬，一般在梨果糖分转化、果实迅速膨大期蛀果，直至采收。多雨年份发生严重。

3. 防治方法

① 仔细刮树皮，消灭越冬幼虫。

② 前期剪掉梨小食心虫为害的桃梢，集中销毁。

③ 利用糖醋液（糖 5 份，醋 20 份，酒 5 份，水 50 份，加少量敌百虫）诱杀成虫。

④ 成虫发生期用梨小食心虫性诱剂诱杀成虫。每 50 株树挂一诱集罐。7 月份以前将诱集罐挂在桃园，后期挂梨园。

⑤ 根据多年经验，第三代梨小食心虫的喷药时期 7 月上旬一次，7 月中旬一次；第四代的喷药时期是 8 月中旬一次，8 月下旬一次。对梨小食心虫效果较好的药剂有：48％乐斯本 1500 倍液、20％灭扫利乳油 2000 倍液、5％来福灵乳油 2000 倍液或 50％马拉硫磷 2000 倍液。

六、叶螨类

1. 识别与危害症状

主要有红蜘蛛和白蜘蛛。受红、白蜘蛛为害的叶片正面显黄色小斑点，很多斑点相连则出现大片黄斑，严重时全叶焦枯变褐，叶背面拉丝结网。梨叶受害易产生褐色枯斑，导致早期脱落。

2. 发生规律

山楂和苹果红蜘蛛每年发生 6～9 代，以雌成螨在树皮缝内潜伏过冬，当花芽膨大时出蛰活动，梨落花期为出蛰盛期，这是防治的关键时期。开花前后多集中在内膛枝条的叶片上，后期则全树冠均有分布。每年 7～8 月份发生最大，为害也最严重；干旱年份发生量大，为害也比较严重。山楂红蜘蛛有趋化性，喜在叶背面为害。白蜘蛛每年 12～15 代，以雌成螨在根颈处、落叶、覆草下及老翘皮中越冬。6 月中旬至 7 月中旬为猖獗为害期，进入雨季危害基本结束。

3. 防治方法

① 萌芽前，彻底刮除树干老皮、粗皮、翘皮，认真清理梨园枯枝、落叶、杂草，并集中深埋或烧毁。

② 萌芽前全园喷一次 3～5 波美度石硫合剂，落花后 10～

15 天防治山楂叶螨（红蜘蛛），20％克螨敌 2000 倍液效果最佳；进入 6 月注意防治二斑叶螨（白蜘蛛），1.8％阿维菌素乳油 3000～4000 倍液效果最佳。

七、梨二叉蚜

1. 识别与危害症状

以成虫、幼虫群居叶片正面为害，受害叶片向正面纵向卷曲呈筒状，轻者向正面略卷，被蚜虫为害卷缩的叶片大部不能再伸展开，易脱落，受害严重的叶片产生枯斑而早期脱落，梨蚜卷叶内易招致梨木虱潜入。虫体为绿色。

2. 发生规律

梨蚜一年发生 20 代左右，以受精卵在芽腋间、枝条皮缝内等处过冬。3 月份芽膨大开绽期孵化为幼虫。初孵幼蚜群集在芽幼嫩组织上取食为害，现蕾后钻入花蕾上为害，展叶期集中到嫩叶正面为害和繁殖，被害叶片向正面纵卷呈筒状，轻者包成饺子形，蚜虫为害叶背面稍有增生不平。以新梢尖端叶子受害最重。落花后开始产生有翅蚜，5～6 月份间转移到其它寄主上为害。到 10 月间产生有翅蚜又迁回梨树上为害。

3. 防治方法

① 开花前喷药防治。此期越冬卵全部孵化，而又未造成卷叶时应喷药，可喷 10％氯氰菊酯 2000 倍液、20％速灭杀丁 2000 倍液或 2.5％功夫菊酯 2000 倍液，均有良好的防治效果。在卷叶前防治，全年一次药即可控制为害，如已造成卷叶，则很难防治。

② 利用天敌。蚜虫天敌种类很多，当虫口密度很低、不值得喷药时，保护利用天敌的作用则很明显。

八、梨圆蚧

1. 识别与危害症状

雌成虫体扁圆形，橙黄色。眼及足均退化，身体背面覆盖近圆形的介壳，直径约 1.7 毫米，介壳为灰白色或灰褐色，有同环轮纹、介壳中央有一突起亮点，脐状、黄色或褐色。雄成虫能飞，有翅 1 对、足 3 对，口器退化，触角念珠状。身体橙黄色。以雌成虫、若虫刺吸枝干、叶、果实汁液，轻则造成树势衰弱，重则造成枯死。

2. 发生规律

梨圆蚧在北方梨树上发生 2 代，均以 2 龄若虫在枝条上越冬，次年春天树液流动后开始为害，并蜕皮为 3 龄，雌雄分化，5 月下旬至 6 月上旬雄虫羽化为成虫，羽化较集中。雌虫自 6 月下旬始产仔虫，至 7 月中旬结束。第一代雄虫羽化期为 7 月下旬至 8 月中旬，雌虫于 8 月下旬又开始产仔虫，至 10 月上旬结束，若虫发育至 2 龄时即越冬。

3. 防治方法

① 初发生梨园多是点片发生，彻底剪除有虫枝条或人工刷抹有虫枝，铲除虫源。

② 梨花芽萌动前，喷 3~5 波美度石硫合剂或 5% 柴油乳剂 1000 倍液杀死越冬若虫。

③ 成虫产仔期进行药剂防治，常用药剂有 20% 速灭杀丁 1500~2000 倍液、2.5% 功夫菊酯 1500 倍液、2.5% 天王星 1500 倍液、2.5% 溴氰菊酯 1500~2000 倍液。为提高杀虫效果，可在药液中加入 0.1%~0.2% 的洗衣粉。

附录 1 梨园病虫害综合防治历

（物候期以冀中地区为准，品种以中晚熟为例，其它地区仅供参考）

防治时间	防治对象	防治措施	注意事项
12月至翌年3月初（休眠期）	①腐烂病、轮纹病、干腐病、黑星病、黑斑病等 ②梨木虱、黄粉虫、红蜘蛛、白蜘蛛、梨二叉蚜等	①彻底清除落叶、落果、僵果、病枝、枯死枝等 ②彻底刮除枝干粗皮、翘皮 ③结合冬剪，剪除病枝、枯枝、虫枝	各种病虫残体要清出园外，集中烧毁或就地深埋
3月上旬至芽萌动至开花前（芽萌动至开花前）	①腐烂病、轮纹病、干腐病、黑星病、黑斑病、锈病等 ②梨木虱、黄粉虫、红蜘蛛、白蜘蛛、梨圆介壳虫、梨二叉蚜等	①继续刮除树干粗皮、翘皮 ②刮治腐烂病斑并涂药保护，如9281、腐必清、灭菌新等 3月底至3月初喷施4.5%高效氯氰菊酯乳油1500～2000倍液1～2次，杀灭越冬代成虫 或萌芽前喷一次45%施纳宁水剂300倍液＋硫悬浮剂300倍液，杀灭树体上各种越冬病虫 或3～5波美度石硫合剂，喷施12.5%腈菌唑乳油3000倍液＋2.5%高渗齿虫菌乳油1500～2000倍液，杀灭在芽内越冬的黑星病菌及萌芽后至开花前，杀灭芽内越冬的黑星病菌及已开始活动的梨二叉蚜，并兼防锈病	①开花前防治是全年的关键，既经济，又经济，但以选用淋洗式喷雾效果最好 ②萌芽选用安全农药前用药，以免必须选用安全农药，发生药害 ③3月上旬，梨木虱成虫冬眠出出冬蛰虫"交尾、产卵，要根据天气变化，选择温暖无风天气喷药，才会有较好的防治效果。此期是防治梨木虱的第一个关键时期
4月上中旬（开花期）	金龟子	①树下撒施辛硫磷颗粒剂，每亩用药2千克 ②树干基部捆扎塑料薄膜，高50～70厘米），防止金龟子上树 ③利用黑光灯或频谱杀虫灯、糖醋液诱诱杀金龟子 ④清晨或傍晚，人工振落捕杀成虫	尽量避免树上喷农药，以免影响昆虫授粉

防治时间	防治对象	防治措施	注意事项
4月中下旬至6月上旬〔落花后至套袋前或成套袋前（幼果期）〕	①以黑星病、轮纹烂果病为主，兼防黑星病、炭疽病、锈病等果实病害 ②以防梨木虱、红蜘蛛、黄粉虫、二叉蚜、蝽象、梨圆介壳等虫害为主 ③黄叶病、缺钙症	①梨树落花70%～80%时，喷施12.5%烯唑醇可湿粉2000倍液或苯醚甲环唑乳油8000倍液+10%此虫灵可湿粉3000倍液或阿维菌素3000倍液，杀灭越冬代梨木虱若虫，并兼治锈病、白蜘蛛、红蜘蛛、梨二叉蚜等 ②落花后7～10天，开始喷施80%大生M-45可湿粉800～1000倍液，10天一次，连喷2～3次，防治黑星病、轮纹病、兼防炭疽病、锈病等 ③5月上旬防治第一代梨木虱成虫，有效药剂为4.5%高效氯氰菊酯乳油2000倍液或30%啶虫脒8000倍液 ④5月中旬防治第一代梨木虱若虫，有效药剂为2.5%扑虱蚜可湿粉1500～2000倍液，阿维菌素可兼治白蜘蛛、红蜘蛛；梨木虱成虫数量较多时，在上述药剂中加入1.5%高效氯氰菊酯乳油 ⑤若已有黑星病发生，可先喷一次40%信生可湿粉8000倍液及80%大生M-45可湿粉800～1000倍液 ⑥特普唑可湿粉2000倍液，然后再换用80%大生M-45可湿粉800～1000倍液 ⑦4月中旬，黄粉虫越冬卵孵化为若虫，5月上旬应及时喷药，至6月上旬，杀灭越冬代；有效药剂有5%蚜单乳油2000倍液，2.5%扑虱蚜可湿粉1500～2000倍液，杀灭第一代若虫 ⑧住年梨圆介壳虫较重的梨园，杀或杀扑磷乳油1500～2000倍液或2.5%敌杀死乳油2000～2500倍液，杀灭第一代若虫 ⑧在4月下旬至5月下旬的一个月内，人工摘除黑星病梢，7～8天巡回检查摘除一次，深埋或带出园外销毁 ⑨防治蝽象，以60%敌马乳油1500倍液+助杀1000倍液，效果最好 ⑩缺钙严重的梨园从落花后3周开始喷钙，半月左右一次，连喷2～3次。有效钙肥可选速效钙1500倍液、高效钙400倍液，果蔬钙1500倍液	①麦收前是防治黑星病、轮纹烂果病、梨木虱及黄粉虫的关键，必须按时、周到喷药，最好采用淋洗式喷雾 ②麦收前用药不当最易造成药害，影响果实质量，所以，此期用药必须选用安全农药，80%大生M-45是最佳选择 ③人工摘除黑星病梢时，要注意病梢的收集人为传播病害 ④梨果套袋前，必须喷施一次80%大生M-45可湿粉，防套袋果黑星病 ⑤防治梨黄粉虫，若在药液中加入助杀套袋果黑星病，可显著提高药效 ⑤此时黄粉虫主要在树枝环痕处为干皮缝及黄粉虫处，防止黄粉虫上果危害。淋洗式喷雾效果最好

防治时间	防治对象	防治措施	注意事项
6月中旬至8月上旬（果实迅速膨大期）	①以黑星病为主、兼防黑星病、炭疽病、轮纹烂果病等 ②以梨木虱、黄粉虫、梨小食心虫为主、兼治梨红蜘蛛、白蜘蛛、蟑螂梨圆介壳虫等 ③黄叶病、缺钙症	①进入6月中旬后，可以连续使用2次左右1：2：200波尔多液，降低防治成本。同隔期为15天左右 ②也可选用80%大生M-45可湿粉·仙生可湿粉800~1000倍液，40%信生可选湿粉8000倍液，62.25%代森锰锌可湿粉1000倍液，12.5%腈菌唑乳油3000倍液。同隔期以10天为宜 ③7月中旬至8月上旬，需喷药防治第一代黄粉固介壳虫成虫，有效药剂防治第一代同上述 ④梨木虱仍需防治1~2次，有效药剂同上述 ⑤7月上旬、7月中旬、8月上旬是梨小第三、第四代发生期，应在测报基础上及时喷药。有效药剂或48%乐斯本1500倍液，52.25%农地乐2000倍液或25%氯·马乳油1200倍液 ⑥黄粉虫仍需防治2次左右，有效药剂同上述 ⑦蟑螂防治同前述 ⑧黄叶病及缺钙症防治同前述。套袋梨园，可树上喷布果蔬钙肥1500倍液	①此期为雨季、最好选用前雨水冲刷药剂，或在药剂中加入农药展着剂，助杀灭、害立平安 ②黄粉虫及梨木虱防治，以淋洗式喷雾效果最好 ③雨季要慎用波尔多液及其它铜制剂，以免发生药害
8月中旬至9月下旬（近成熟期至采收期）	①以黑星病为主、兼防黑斑病、轮纹烂果病 ②黄粉虫、梨木虱、梨圆蚧	①以80%大生M-45可湿粉800~1000倍液，70%代森锰锌可湿粉1000倍液，7~10天一次，连喷3次左右 ②若有黑星病发生，则以40%信生可湿粉8000倍液，62.25%仙生可湿粉600倍液，12.5%腈菌唑乳油3000倍液为主进行治疗，然后换用大生M-45或代森锰锌可湿粉2000倍液，有效药剂前述 ③8月中下旬，需喷药防治第二代黄粉固介壳虫，仍按上述药剂喷雾 ④若有黄粉虫或梨木虱，仍按上述有效药剂喷雾	①黑星病进入第二防治关键期，此期实安害严重 ②采收前10~15天的杀菌剂，必须按时喷用 ③不再使用波尔多液，以免污染果面

172

附录 2 梨园栽培管理作业历

（物候期以冀中地区为准，品种以中晚熟为例，其它地区仅供参考）

时　间	作业项目	主要工作内容及要求	注意事项
12月至翌年3月初 （休眠期）	①冬季修剪 ②越冬防寒 ③生产资料准备 ④刮树皮 ⑤地下管理	①按照确定的树形进行修剪。修剪时，应综合考虑树 园群体和个体结构、品种、树势、花量等因素 ②幼树注意预防冻害和抽条。预防抽条可在幼树西 北面修复冬月牙土埂，树下铺地膜，树上喷膜甲基纤维素 ③备足肥料、农药，维修农机具 ④最冷季节过后即可开始刮树皮 ⑤土壤解冻后，休整树盘，萌芽前及时灌水。树势衰 弱或结果过多的梨园应在萌芽前适量追肥	①修剪上存在问题较多的 梨园，应分年解决，避免一次 修剪过重 ②大小年树应区别修剪， 力缩小大小年幅度 ③易发生抽条的幼树、树干 基部不能培土 ④刮下的树皮集中烧毁
3月上旬至4月初 （芽萌动至开花前）	①补栽 ②预防霜冻 ③花期复剪 ④高接换种 ⑤刻芽	①缺株的梨园或缺乏授粉树的梨园，应进行补栽 ②历年易发生霜冻的梨园，可以采取花前灌水、大枝 干涂白、熏烟和制剂等措施推迟花期 ③冬季时留花过多的树应进行复剪，重点回缩串花枝 ④根据具体情况确定适宜高接方式和方法 ⑤萌芽前、新栽壮苗、高接树长势好等应酌情刻芽	①补栽后注意及时浇水、铺 地膜。单干苗应套筒袋保湿 防虫 ②如有必要，最好将高接换 种与改变树形、改变密度结合 起来 ③弱树不宜全树刻芽

173

时　间	作业项目	主要工作内容及要求	注意事项
4月上中旬 （开花期）	①疏花 ②预防霜冻 ③人工授粉 ④梨园放蜂 ⑤花期喷肥	①花序伸长至开花期，酌情疏花序 ②霜冻降临前，采用梨园熏烟等方法预防 ③缺少授粉树或花期气候不良时，应及时进行人工授粉 ④有条件梨园可采用蜜蜂或壁蜂授粉 ⑤花期可喷0.3%硼砂+0.2%尿素，以提高坐果率	①疏花时注意留保果台副梢及幼叶 ②发生轻微冻害后，可喷生长调节剂补救 ③花期尽量不打广谱杀虫剂，以免伤害授粉昆虫
4月中下旬至6月上旬 [落花后至套袋前（幼果期）]	①疏果 ②地下管理 ③果实套袋	①根据不同树势确定适宜负载量，多余果疏除，一般选留第一二序位边果 ②落花后及时追肥，灌水，中耕除草 ③落花后15～45天，进行果实套袋。根据不同品种特性确定套袋时间、套袋类型和方法	①注意保留果台副梢完整，套袋梨园每个花序留单果 ②追肥量根据梨园不同情况确定 ③把好果袋质量和套袋前打药关
6月中旬至8月上旬 （果实迅速膨大期）	①吊枝、撑枝 ②除草 ③夏季修剪 ④追肥 ⑤梨园排水 ⑥叶面喷肥或生长调节剂	①结果过多的大枝，用绳吊或支柱支起，以防劈裂 ②及时除草，就地翻压 ③根据梨园不同情况，采取拉枝、摘心、扭梢、疏枝等方法 ④果实膨大期，应适量追施复合肥 ⑤地势低洼梨园，注意及时排水 ⑥可酌情喷碧护、PBO、磷酸二氢钾、增红剂1号等，改善果实品质	①雨季杂草生长较快，山地丘陵地梨园注意及时除治，防止杂草上树 ②雨季务必防止梨园积水 ③叶面喷肥一般可结合喷药进行

时　间	作业项目	主要工作内容及要求	注意事项
8月中旬至9月下旬 （近成熟期至采收期）	①诱杀害虫 ②果实采收 ③施用基肥 ④梨园生草	①8月中下旬在树干上绑草，诱集越冬害虫 ②根据品种成熟期和市场需求情况，适时采收 ③应根据梨园当年产量水平、树势、翌年产量和质量目标施足有机肥 ④根据梨园立地条件，播种黑麦草、紫花苜蓿、白三叶或早熟禾等	①落叶后将草把解下烧毁 ②采收时应遵循操作规程 ③秋季干旱时，施肥后适量浇水 ④生草播种时间不宜太晚
10月上旬至11月下旬 （采收后至落叶前）	①清扫梨园 ②灌上冻水 ③树干涂白	①落叶后，将落叶、病虫果、枯枝清扫干净，集中烧毁 ②上冻前全园浇水 ③易发生冻害地区，大枝干涂白	①灌上冻水时间不能太晚，灌水量要大，应灌足灌透 ②大枝干涂白宜在上冻前进行

参 考 文 献

[1] 陈新平. 梨新品种及栽培新技术. 郑州：中原农民出版社，2010.

[2] 刘军，王小伟等. 西洋梨. 北京：北京科学技术出版社，2009.

[3] 王少敏. 梨套袋栽培配套技术问答. 北京：金盾出版社，2009.

[4] 张建光，王泽槐，李英丽. 果树生产. 北京：中国农业出版社，2008.

[5] 杨平华. 果树病虫害防治新技术. 成都：四川科学技术出版社，2008.

[6] 杨健. 梨标准化生产技术. 北京：金盾出版社，2007.

[7] 杨洪强. 绿色无公害果品生产全编. 北京：中国农业出版社，2006.

[8] 孙士宗，王志刚. 梨. 北京：中国农业大学出版社，2005.

[9] 张玉星. 果树栽培学各论（北方本）. 北京：中国农业出版社，2005.

[10] 于新刚. 梨新品种实用栽培技术. 北京：中国农业出版社，2005.

[11] 王迎涛，方成泉，刘国胜等. 梨优良品种及无公害栽培技术. 北京：中国农业出版社，2004.

[12] 孟林. 果园生草技术. 北京：化学工业出版社，2004.

[13] 李秀根. 红皮梨高效栽培与加工利用. 北京：中国农业出版社，2003.

[14] 曹玉芬，聂继云. 梨无公害生产技术. 北京：中国农业出版社，2003.

[15] 王少敏，孙岩. 梨推广新品种图谱. 济南：山东科学技术出版社，2003.

[16] 高胜文，单文修. 无公害果品首选农药100种. 北京：中国农业出版社，2003.

[17] 吕波，杨批修. 酥梨优质栽培技术. 北京：科学技术文献出版社，2002.

[18] 于绍夫，张大礼，戚其家. 黄金梨栽培技术. 济南：山东科学技术出版社，2002.

[19] 傅玉瑚，郗荣庭. 梨优质高效配套技术图解. 北京：中国林业出版社，2001.

[20] 贾敬贤，曹玉芬，姜淑苓. 梨优质高效栽培技术. 北京：中国农业科技出版社，2001.

[21] 冯建国，陶训，于毅等. 无公害果品生产技术. 北京：金盾出版社，2001.

[22] 贾敬贤. 优质梨新品种高效栽培. 北京：金盾出版社，2000.

[23] 胡征令，王信法. 梨树优质丰产栽培技术. 上海：上海科学普及出版社，2000.

[24] 张建光，孙建设. 梨优质丰产栽培技术问答. 济南：山东科学技术出版社，1999.

[25] 金殿毅，尹金凤，王晓祥. 北方梨栽培技术. 哈尔滨：东北林业大学出版社，1998.

[26] 刘志民，王有年，张鹏. 梨树三高栽培技术. 北京：中国农业大学出版社，1997.

[27] 陆秋农. 梨树高效益栽培技术问答. 北京：中国农业出版社，1997.

［28］贾敬贤 . 梨树矮化密植栽培 . 北京：金盾出版社，1995.

［29］郗荣庭，张建光 . 低产果园增产实用技术 . 天津：天津科学技术出版社，1993.

［30］赵月珍，朱佳满，高振福 . 梨树栽培技术问答 . 北京：气象出版社，1991.

［31］董启风等 . 苹果梨桃葡萄栽培管理十二个月 . 北京：中国农业出版社，1991.

［32］李培华等 . 苹果和梨优质高产栽培技术 . 北京：金盾出版社，1989.

［33］河北农林科学院石家庄果树研究所 . 梨 . 石家庄：河北科学技术出版社，1984.

［34］山东省莱阳农业大学 . 梨 . 北京：科学出版社，1978.